Título original: *The Unknown Errors of Our Lives*
Traducción: Dolors Gallart
1.ª edición: enero, 2016

© Chitra Banerjee Divakaruni, 2001
© Ediciones B, S. A., 2016
   para el sello B de Bolsillo
   Consell de Cent, 425-427 - 08009 Barcelona (España)
   www.edicionesb.com

Printed in Spain
ISBN: 978-84-9070-160-7
DL B 26207-2015

Impreso por NOVOPRINT
         Energía, 53
         08740 Sant Andreu de la Barca - Barcelona

Los nombres de las estrellas

CHITRA BANERJEE DIVAKARUNI

A mis tres hombres:

Abhay,
Anand,
Murthy

Agradecimientos

Mi más profundo agradecimiento a:

Mi agente, Sandra Dijkstra, por las batallas que libra en mi nombre.

Mi editor, Deb Futter, por la orientación, la visión y el apoyo que me brinda.

Michael Curtis, Jhumpa Lahiri, Dean Nelson, Susanne Pari, Amy Tan y Latha Vishwanathan, por ayudarme a encontrar una forma y lugar para estos relatos.

Mi madre, Tatini Banerjee y mi suegra, Sita Divakaruni, por sus bendiciones y su convicción.

Mis tres hombres, Murthy, Anand y Abhay, por soportar todos mis errores.

Gurumayi Chidvilasananda y Swami Chinmayananda, por la Gracia.

Nadie puede responder a la pregunta
de quién eres, ni siquiera tú mismo.

JAMAICA KINCAID,
La autobiografía de mi madre

el deseo de tocar
el deseo de hablar...

podría amarla de pie en el umbral,
pensando que ha elegido mal

TOI DERRICOTTE, *Tender*

La señora Dutta escribe una carta

Cuando el despertador suena a las cinco de la mañana con un bordoneo de mosca atrapada, la señora Dutta lleva ya un buen rato despierta. Aunque han transcurrido dos meses, todavía le cuesta dormir en el colchón Perma Rest que su hijo Sagar y su nuera Shyamoli compraron especialmente para ella. Es demasiado blando, al estilo americano, tan distinto de la reconfortante firmeza del jergón de copra que usa en casa. «Claro que ahora ésta es mi casa», se obliga a recordar. Extiende la mano para apagar la alarma, pero en la oscuridad sus dedos se extravían entre los botones y el despertador eléctrico cae con un golpe. La insistente llamada metálica se expande vibrante por las paredes de su habitación, convenciéndola de que despertará a todo el mundo. Entonces tira frenéticamente del cable hasta que éste cede. En el brusco silencio que se produce oye su propia respiración, un sonido discordante y desacompasado cargado de remordimientos.

La señora Dutta sabe, por supuesto, que todo ese alboroto se ha producido por su culpa. No debería haber puesto el despertador. Aquí en Sunnyvale, en casa de su hijo, no tiene necesidad alguna de levantarse temprano. No obstante, es una costumbre que le fue inculcada por su suegra cuando era una recién casada de dieciséis años —«la buena esposa se despierta antes que el resto de la casa»—, y que no consigue abandonar. Qué difícil le resultaba entonces separarse de los cálidos brazos de su marido dormido, el padre de Sagar, a quien había aprendido a amar. Luego se dirigía con paso soñoliento a la cocina impregnada de olor a *garam masala* rancio y encender la lumbre antes de preparar el té para todos los demás: sus suegros, su marido, los dos hermanos menores de éste y la tía viuda que vivía con ellos.

Después de la cena, cuando la familia se sienta ante el televisor, ella intenta hablar con sus nietos acerca de los viejos tiempos.

—Nunca se me dio bien encender el carbón... el humo me escocía en los ojos y me provocaba una tos terrible. Siempre me retrasaba con el desayuno y mi suegra... uy, cómo me reñía, a veces hasta se me saltaban las lágrimas. Todas las noches le rezaba a la diosa Durga: ¡Por favor, déjame dormir un poco más, aunque sólo sea una mañana!

—Mmmm —murmura Pradeep, inclinado sobre una maqueta de avión.

—Uff, qué horrible —dice Mrinalini, frunciendo la nariz con educación antes de concentrarse de nuevo en un programa plagado de chistes que la señora Dutta no entiende.

—Por eso precisamente debería dormir ahora, madre —comenta Shyamoli con una sonrisa desde el sillón abatible donde descansa mientras hojea el *Wall Street Journal*.

Con las piernas cruzadas con tanta elegancia bajo la reluciente falda azul que se ha puesto después del trabajo y la inusitada blancura de su cutis, podría pasar por una americana, piensa la señora Dutta, cuya tez tiene la tonalidad del comino tostado. La idea la llena de un orgullo incómodo.

—Queremos que estés a gusto, madre —añade Sagar desde el suelo, apoyado en las rodillas de Shyamoli—. Que descanses. Por eso insistimos en que vinieras a América.

Pese a su cabello ya más ralo y a las gafas de montura dorada que lleva últimamente, para la señora Dutta el rostro de Sagar sigue siendo el del chiquillo que mandaba a la escuela con la comida dentro de una fiambrera. Recuerda cómo acudía a su cama en las noches de tormenta en época de monzón, cómo cuando estaba enfermo nadie sino ella conseguía hacerle beber el agua de cebada. El corazón le da un brinco de alegría cuando piensa que en efecto se encuentra en América con su hijo y sus nietos.

—¡Ay, Sagar! —exclama con una sonrisa—. ¡Qué cosas dices! En cambio de niño no me dejabas ni un momento de descanso.

Acto seguido se embarca en una descripción de travesuras infantiles que lo hace sacudir la cabeza con indulgencia mientras las incorpóreas carcajadas de la tele resuenan por el salón.

Más tarde, sin embargo, Sagar acude al dormitorio de la señora Dutta.

—Por favor, madre, no te levantes tan temprano por la mañana —le ruega, algo avergonzado—. Cuando vas al baño nos despiertas, y Molli tiene un día tan largo de trabajo...

Ella se vuelve un poco para que su hijo no vea cómo se le llenan los ojos de lágrimas, como si de nuevo fuera una ingenua adolescente recién casada en lugar de una mujer de más de setenta años, y finalmente asiente con un gesto: «Sí, sí.»

Mientras aguarda a que los ruidos matutinos de la casa la liberen del abrazo de su colchón Perma Rest, la señora Dutta repite los ciento ocho nombres de Dios. «Om Keshavaya Namah, Om Narayanaya Namah, Om Madhavaya Namah.» No obstante, su pensamiento se centra en el aerograma azul de la señora Basu, que lleva toda la semana esperando respuesta encima de su mesita de noche. Hubo un robo en la joyería Sandhya; los ladrones llevaban armas, pero por suerte nadie resultó herido. La hija del señor Joshi, esa chica de cara tan dulce, se ha fugado con su profesor de canto, quién lo iba a pensar. La nuera de la señora Barucha ha tenido otra niña, sí, la cuarta, cualquiera diría, podrían ser un poco más sensatos y dejar de seguir buscando el varón. El martes pasado fue Bangla Bandh, otra huelga de trabajadores; todo estaba cerrado, ni siquiera circulaban los autobuses, pero en el fondo no se les puede echar en cara, ¿verdad?, después de todo los obreros de las fábricas también han de comer. Los inquilinos de la señora Basu, a los que llevaba siglos intentando echar, por fin se habían marchado; buen viento los lleve, aunque no te imaginas en qué estado han dejado el piso.

Justo al final, la señora Basu escribía: «¿Eres feliz en América?»

La señora Dutta sabe que la señora Basu, su mejor amiga desde la época en que ambas llegaron a Ghoshpara Lane siendo recién casadas, no se dejará engañar con descripciones del muelle de los pescadores y del Golden Gate, tampoco con anécdotas relacionadas con sus nietos. Por eso ha ido postergando la respuesta mientras se debate entre la lealtad hacia la familia y unos insidiosos sentimientos de... Pero enseguida les da la espalda sin ponerles siquiera nombre.

Sagar llama a la puerta de las habitaciones de los hijos —qué curiosa costumbre eso de permitir que los niños cierren las puertas a sus padres— y la señora Dutta reúne con alivio sus artículos de higiene personal. Le queda tiempo de sobra. Todavía habrá que volver a golpear en sus puertas, su madre esta vez, para que Pradeep y Mrinalini abran y salgan dando traspiés. De todos modos, a ella no le gusta desperdiciar la mañana. Se salpica la cara y el cuello con agua fría (no cree que le convenga caer en la molicie), se raspa la lengua pastosa tras la noche con su limpiador de metal y se cepilla vigorosamente los dientes, aunque el dentífrico mentolado no le deja la misma sensación de limpio que el agridulce palo de *neem* de toda la vida. Luego se desenreda el pelo con el peine. A su edad, su cabellera sigue siendo más espesa y sedosa que los rizos de permanente de su nuera. «Eres una vanidosa —se reprende ante el espejo—, y eso que ya eres abuela y para colmo viuda.» De todas formas, mientras se recoge el cabello con mano experta, recuerda que su marido siempre lo comparaba con la lluvia nocturna.

Oye voces en el pasillo.

—¡Pat! ¡Minnie! ¿Todavía no os habéis lavado? Últimamente cada día llego tarde por culpa vuestra.

—Pero, mamá, es que ella lleva siglos ahí dentro... —dice Mrinalini.

Se produce una pausa.

—Pues id al cuarto de baño de abajo.

—Pero si lo tenemos todo aquí —protesta Pradeep.

—No es justo —añade Mrinalini—. ¿Por qué no puede ir ella abajo?

Una pausa más larga. En el interior del cuarto de baño la señora Dutta hace votos por que Shyamoli no se muestre demasiado severa con la niña. Sin embargo, el joven que se refiere a sus mayores con semejante falta de respeto se merece un castigo. ¿Cuántas veces no había abofeteado a Sagar por mucho menos, pese a que era su único hijo, la niña de sus ojos, pues lo había tenido cuando llevaba siete años de casada y todo el mundo había perdido ya la esperanza? Cada vez que le levantaba la mano era como si le triturasen el corazón con una muela para *masala*. Ésa es sin embargo la obligación de las madres.

—¡Ya basta! —se limita a responder Shyamoli—. Id a poneros los zapatos, deprisa.

Las protestas se van acallando y en las escaleras suena el ruido de pasos. En el cuarto de baño la señora Dutta se inclina sobre el lavabo, agarrando los pliegues de su sari. La violencia con que le late el corazón le impide dilucidar qué sentimiento predomina: indignación por la insolencia de los niños o despecho hacia Shyamoli por no regañarlos. ¿O acaso el nudo que siente en la garganta se debe a la vergüenza, esa huella irritante, corrosiva, indigesta?

Son las nueve de la mañana. Después del revuelo de las salidas, de las frenéticas quejas «No encuentro los calcetines», «Mamá, me ha quitado el dinero para la comida» y «¡Os juro que os dejaré aquí si no estáis dentro del coche dentro de un minuto!», la casa se ha instalado en su plácido ritmo de las horas centrales del día.

La señora Dutta ha recuperado el buen humor. Mantener vivo el resentimiento resulta demasiado agotador y, además, la cocina —con las encimeras bañadas por el sol y el pausado canturreo de la nevera— es su lugar favorito.

La señora Dutta también canturrea mientras fríe patatas para preparar un *alu dum*. Tiene la voz ronca y desafina un poco. En la India nunca se habría atrevido a cantar, pero ahora que se han ido todos, el excesivo silencio que reina en la casa se abate sobre ella, opresivo como la mano de un gigante, y las voces de la tele no le proporcionan ningún consuelo. Mientras las patatas se doran, se permite un momento de nostalgia por su cocina de Calcuta... la nueva cocina de gas comprada con el dinero que le mandó Sagar para su cumpleaños, las relucientes cazuelas de latón apiladas junto a la fresquera, la ventana con su enrejado en forma de loto a través de la cual veía a los niños jugando a críquet a la salida de la escuela. El delicioso olor de la pasta de gengibre y guindilla, recién molida por la criada, Reba. Por la tarde, el fuerte té negro de Assam macerándose en la tetera cuando recibía la visita de la señora Basu. Mentalmente escribe a su amiga: «Ay, Roma, no sabes cómo echo todo de menos, a veces siento como si alguien me hubiera metido la mano en el pecho y me hubiera arrebatado algo.»

Pero sólo los tontos se regodean en la nostalgia, así que la señora Dutta sacude la cabeza para espantar aquellas imágenes y se dispone a ordenar la cocina. Vierte en el fregadero los restos de leche de los vasos, pese a que Shyamoli le ha dicho que los deje en la nevera. Sin embargo, no es posible que una chica hindú de buena familia como Shyamoli espere de ella que guarde comida *jutha* contaminada con el resto de los alimentos. Lava a mano los platos del desayuno en lugar de colocarlos en el lavavajillas, donde permanecerían sucios hasta la noche, acumulando gérmenes. Con mano experta arroja un puñado de especias en la picadora: cilantro, comino, clavos, pimienta negra, unas cuantas guindillas rojas para dar vigor. ¡Que no le vengan a ella con ese curry envasado! «Por lo menos desde que llegué la familia está comiendo bien —escribe mentalmente—, comida india como Dios manda, *rutis* que se hinchan como es debido, curry de pescado con salsa de mostaza y auténtico *pulao* con pasas, anacardos y *ghee*... tal como tú me enseñaste, Roma... en lugar de un arroz preparado de cualquier manera.» «Les encanta», le habría gustado añadir, pero al pensar en Shyamoli la invade la duda.

Al principio Shyamoli se alegraba de que alguien se ocupara de la cocina. «Es estupendo llegar a casa y encontrar una cena caliente», decía, o también: «Madre, qué *papads* más crujientes, y la salsa de pescado está de muerte.» Pero últimamente le ha dado por comer como un pajarito y en un par de ocasiones la señora Dutta ha captado desde la cocina retazos de conversaciones, susurradas en voz baja: «colesterol», «todos cada vez más gordos», «te está acostumbrando mal». Y aunque Shyamoli siempre responde que no cuando los niños preguntan si pueden comer burritos de la nevera en lugar de lo que ha guisado ella, la señora Dutta sospecha que en el fondo le gustaría contestar que sí.

Los niños. Cuando piensa en ellos la señora Dutta siente una opresión en todo el cuerpo. Ha de admitir que sus nietos, como tantos otros en ese país, la han decepcionado.

De ello culpa, en parte, al retrato de Olan Mills. Tal vez había pecado de ilusa al depositar tanta fe en una fotografía, y más teniendo en cuenta que había sido tomada hacía varios años. Pero era una escena tan encantadora... Mrinalini, con un vestido blanco de frunces, rodeando con el brazo a su hermano, Pradeep, con sus mofletes y sus hoyuelos, muy elegante con traje y pajarita, y detrás de ellos un glorioso bosque otoñal de resplandecientes tonalidades rojas y amarillas. (Al cabo de un tiempo la señora Dutta se enteró, con la sensación de haber sido objeto de engaño, de que el bosque era un mero telón de fondo en un estudio fotográfico de California, donde los árboles auténticos nunca adquirían esos tonos.)

La foto había llegado, en un marco de plata y protegida por un plástico de burbujas, con una nota de Shyamoli donde explicaba que era un regalo para el Día de la Madre. (Un concepto extraño, eso de elegir un día concreto para honrar a las madres. ¿Acaso los *sahibs* no honraban a sus madres el resto del año?) La señora Dutta tardó una semana en decidir dónde la colocaría. Si la colgaba en el salón, las visitas admirarían a sus nietos, pero si la ponía en la pared del dormitorio, ella vería la foto cada noche antes de dormirse. Al final se había decidido por la habitación y más tarde, cuando sufrió la neumonía que la recluyó en la cama durante un mes, se alegró de ello.

La señora Dutta estaba acostumbrada a vivir sola. Lo había hecho durante los tres años previos, desde la muerte del padre de Sagar, tras declinar de forma tan educada como obstinada los ofrecimientos de diversos familiares, bienintencionados unos y otros no tanto, que se prestaron a instalarse con ella. Su reacción la había sorprendido a ella tanto como a los demás, que la consideraban una mujer tímida y necesitada de protección, de las que se desmoronan al no contar con un marido que se ocupa de todo. Ella se las había arreglado bastante bien, sin embargo. Echaba de menos al padre de Sagar, por supuesto, sobre todo al anochecer, cuando él solía leerle las partes más divertidas del periódico mientras ella preparaba *rutis*. No obstante, una vez superado el duelo, le había resultado agradable sentirse dueña de su propia vida, tal como le confesó un día a la señora Basu. Le gustaba quedarse en la cama toda la velada leyendo una nueva novela de Shankar de un tirón si le apetecía, o mandar a comprar *brinjal pakoras* calientes un día de lluvia sin sentirse culpable por no servir una comida equilibrada.

Cuando padeció la neumonía, todo cambió.

No era la primera vez que la señora Dutta estaba enferma, pero las otras dolencias habían sido distintas. Incluso desde la cama, había continuado siendo el centro de la casa. Reba acudía a consultarle el menú; el padre de Sagar le llevaba las camisas a las que se les había caído algún botón para que los cosiera; su suegra, por entonces ya vieja y sumisa, acudía a ella para quejarse del té tan aguado que le preparaba la cocinera, y Sagar entraba llorando porque se había peleado con el hijo de los vecinos. Ahora, en cambio, ya no había nadie que le preguntara en tono quejumbroso: «¿Cuánto tiempo piensas seguir enferma?»; nadie que esperase con impaciente exasperación a que retomara las riendas del hogar, nadie cuya vida resultara alterada en lo más mínimo por su enfermedad.

Así pues, no existía razón alguna para que se recuperara.

Cuando la asaltó esta certidumbre, la señora Dutta se asustó tanto que se le entumeció el cuerpo. Las paredes de la habitación empezaron a girar como un torbellino. La cama donde yacía, un amplio lecho de cuatro columnas que había compartido con el padre de Sagar desde su boda, se balanceó como un bote indefenso zarandeado por una tormenta, mientras en su cabeza resonaba un terrible rugido sordo. Por un momento, ciega y paralizada, pensó: «Estoy muerta.» Al cabo de un rato, consiguió fijar en el retrato su vista extraviada. «Mis nietos.» La centró, con cierta dificultad, en sus rutilantes e inocentes caras infantiles, en los ojos tan parecidos a los de Sagar que por un instante sintió que el desconsuelo le agarrotaba las articulaciones como si fuera artritis. Respiró de forma entrecortada y el rugido se apaciguó. En el correo de la tarde llegó otra carta de Sagar: «Madre, deberías venirte a vivir con nosotros, de verdad, nos preocupa que estés sola y enferma tan lejos, en la India.» Ella se apresuró a contestar ese mismo día, con mano temblorosa: «Tienes razón, mi lugar está con vosotros, con mis nietos.»

Sin embargo, una vez ahí, en el otro extremo del mundo, la atenaza la duda. Sabe que los niños la quieren... ¿Cómo podría ser de otro modo, tratándose de su familia? Ella también los quiere, pese a que han relegado, en algún rincón de un armario, el Ramayana para jóvenes lectores encuadernado en cuero que les trajo desde la India en su equipaje de mano. Pese a que sus cuerpos se agitan con impaciencia cuando intenta contarles anécdotas de su infancia. Pese a que presentan las más burdas excusas cuando les pide que se sienten con ella mientras entona los arati de la noche. «Son carne de mi carne, sangre de mi sangre», se dice. No obstante, en ocasiones oye desde la otra habitación sus conversaciones telefónicas, su acento americano y la voz vibrante de excitación con que se refieren a un rutilante mundo extranjero de Power Rangers, Spice Girls y de la «semana de actividades» en la escuela, y apenas da crédito a sus oídos.

La señora Dutta sale al jardín posterior con un cubo de ropa recién lavada y observa el cielo con cierta ansiedad. La luz dorada y pálida del sol ha desaparecido, el horizonte se ha cubierto de nubarrones y percibe en el rostro el aire quieto y pesado, igual que antes de una tormenta bengalí. ¿Y si la ropa no se seca a tiempo antes de que regresen los otros?

La cuestión de la ropa sucia ha representado un problema para la señora Dutta desde que llegó a California.

—No es posible, madre —había suspirado Shyamoli

cuando ella le pidió a Sagar que colocara una cuerda para tender la ropa en el jardín posterior.

(En los últimos tiempos Shyamoli suspiraba con frecuencia. ¿Se trataba de una costumbre americana? La señora Dutta no recordaba que la Shyamoli de la India, la novia dócil a la que había tratado como a una hija durante un mes, antes de embarcarla en un vuelo de la Pan Am para ir al encuentro de su marido, frunciera de ese modo los labios para soltar el aire con actitud paciente y exasperada a la vez.)

—Es que eso no se hace, y menos en un barrio elegante como éste. La gente de aquí, a veces... —Se había interrumpido, sacudiendo la cabeza—. ¿Por qué no deja la ropa sucia en el cesto de su habitación? Yo la lavaré el domingo con el resto.

La señora Dutta había aceptado de mala gana, por temor a provocar otro suspiro. De todas formas, ella sabía que traía mala suerte guardar la ropa sucia en la misma habitación que las imágenes de sus dioses. Por no mencionar el olor. Acostada en la cama por la noche lo percibía claramente, por más que Shyamoli asegurase que el cesto era hermético. Ese olor agrio de la vejez la avergonzaba.

Sin embargo, más vergüenza sentía los domingos por la tarde, cuando Shyamoli llevaba la ropa limpia al salón para doblarla. La señora Dutta se encorvaba expresamente sobre su labor, con un pudoroso rubor en la cara, mientras su nuera sacudía con despreocupación sus bragas, unas miniaturas de encaje rosado, verde esmeralda y negro, y las dejaba junto a una pila de calzoncillos de Sagar. Y cuando Shyamoli extraía del montón los arrugados y deslucidos sujetadores de la señora Dutta, ésta deseaba que la tierra se la tragara, como a la Sita de la mitología.

Un día Shyamoli depositó el cesto de la ropa delante de Sagar.

—¿Podrías ocuparte de doblarla tú hoy, Sagar? —(La

señora Dutta, que en sus cuarenta y dos años de matrimonio nunca se había dirigido a su marido por su nombre de pila, se esforzó por reprimir un respingo)—. Esta noche sin falta he de pasar al ordenador el informe de ventas.

Sin dar tiempo a que Sagar respondiera, la señora Dutta se levantó del sillón, dejando caer las agujas de punto al suelo.

—No, no, no, la ropa y todo eso no es trabajo del hombre de la casa. Ya lo haré yo.

Le horrorizaba la idea de que su hijo revolviera el contenido del cesto y levantara la ropa interior de su esposa... y la de su madre.

—¡Vaya! —exclamó Shyamoli—. Por eso los hombres hindúes son tan inútiles. Aquí en América no consideramos que haya tareas de hombres y tareas de mujeres. ¿Acaso no trabajo todo el día fuera de casa, igual que Sagar? ¿Cómo voy a arreglármelas si él no me ayuda con las labores domésticas?

—Yo te ayudaré —sugirió la señora Dutta.

—No lo entiende, ¿verdad, madre? —dijo Shyamoli con una sonrisa trémula.

Acto seguido se encerró en el estudio. La señora Dutta se sentó en el sillón y trató de comprender. Sin embargo, no tardó en desistir, tras lo cual le pidió a Sagar en voz baja que le mostrara cómo funcionaban la lavadora y la secadora.

—¿Para qué, madre? A Molli no le importa...

—He de aprender... —La angustia le alteraba la voz mientras rebuscaba su ropa entre el montón de prendas entremezcladas.

Su hijo estuvo a punto de replicar algo, pero al final se encogió de hombros.

—Muy bien, de acuerdo. Si tú quieres...

Más tarde, sin embargo, cuando tuvo que enfrentarse ella sola a las máquinas, con sus símbolos crípticos y sus hileras de botones rutilantes, el temor la detuvo. ¿Y si se equivocaba de botón e inundaba el suelo de espuma? ¿Y si no lograba desconectar las máquinas y éstas seguían funcionando, silbando como locas, hasta explotar? (Eso mismo le había ocurrido a una mujer que apareció en un programa de la televisión apenas unos días antes, y la pobre iba de un lado a otro dando saltos y gritos. A todos los demás les había parecido muy gracioso, pero la señora Dutta estaba con la espalda tensa, aferrándose a los brazos del sillón con las manos crispadas.) Así pues, optó por lavar su ropa en la bañera cuando se quedaba sola. Nunca había realizado esa clase de trabajo, pero se acordaba de las lavanderas de su pueblo que en su niñez limpiaban los saris golpeándolos contra las piedras del río. Una curiosa satisfacción la inundaba cuando su ropa chocaba contra la porcelana produciendo el mismo ruido de masa húmeda.

«Mi pequeña victoria, mi secreto.»

Por eso todo debe estar seco y escondido antes de que regrese Shyamoli. La ignorancia, como muy bien sabe la señora Dutta tras años de regentar un hogar, es el pilar de la armonía. Ésta es la razón de que no pierda de vista el amenazador avance de las nubes mientras tiende su blusa y su ropa interior, mientras cuelga su sari sobre la valla de madera que separa la propiedad de su hijo de la del vecino, después de haberlo escurrido con un paño de cocina que ha tomado a hurtadillas del fondo de un cajón. ¿Acaso no ha salido airosa todas las veces, incluso después de la repentina granizada del mes anterior que la había obligado a secarlo todo con la plancha? Se complace al recordarlo y mentalmente escribe a la señora Basu: «Me estoy adaptando tan bien que nadie diría que sólo llevo dos meses aquí. He encontrado nuevas maneras de realizar las tareas y de resolver los problemas. Si me vieras, estarías orgullosa de mí.»

Cuando la señora Dutta decidió desprenderse del que fue su hogar durante cuarenta y cinco años, sus parientes se mostraron menos sorprendidos de lo que había esperado.

—Ah, ya sabíamos que tarde o temprano viajarías a América —decían—. Fue una locura quedarte sola tanto tiempo después de la muerte del padre de Sagar, que en paz descanse. Menos mal que ese hijo tuyo ha recuperado el sentido común y te ha llamado a su lado. Todo el mundo sabe que el sitio de una esposa está junto a su marido, y el de una viuda junto a su hijo.

La señora Dutta había asentido con mansedumbre, demasiado avergonzada para mostrar a nadie, aunque fuese veladamente, que la noche anterior se había despertado bañada en lágrimas.

—Y ahora que te marchas, ¿qué piensas hacer con tus pertenencias?

Todavía perturbada por aquel llanto traicionero, la señora Dutta había ofrecido su ajuar como acto propiciatorio.

—Tú, Didi, quédate con esta colcha de ganchillo. Mashima, hace tiempo que deseo regalarte estos platos de porcelana, sé lo mucho que te gustan. Y, Boudi, esta grabadora que me mandó Sagar hace un año es para ti. Sí, sí, de verdad. Cuando llegue allí siempre puedo pedir a mi hijo que me compre otra.

La señora Basu, que se presentó justo cuando una prima se marchaba con aire triunfal cargada con un juego de té de porcelana, se había escandalizado.

—¿Te has vuelto loca, Prameela? Ese juego de té era de tu suegra.

—¿Qué voy a hacer con él en América? Shyamoli ya tiene el suyo...

La señora Dutta no alcanzó a interpretar la expresión que asomó en el rostro de la señora Basu.

—¿Estás segura de que te apetecerá beber en él el resto de tu vida?

—¿A qué te refieres?

—¿Y si no te gusta estar allí? —respondió la señora Basu tras vacilar un instante.

—¿Cómo no me va a gustar, Roma? —replicó la señora Dutta con voz demasiado estridente, incluso para su propio oído. Intentó controlarse antes de proseguir—. Echaré de menos a mis amigas, claro... sobre todo a ti. Los ratos que pasamos juntas: el té de la tarde, el paseo junto al lago Rabindra Sarobar, las clases de Bhagavad-Gita los jueves por la noche. Pero Sagar... ellos son mi única familia. A fin de cuentas, la sangre es la sangre.

—Si tú lo dices... —contestó con sequedad la señora Basu.

La señora Dutta recordó que los dos hijos de la señora Basu sólo iban a verla en las ocasiones en que la más estricta muestra de educación reclamaba su presencia, pese a que vivían a tan sólo un día de camino. Quizá fueran tacaños en cuestiones de dinero. Tal vez por eso la señora Basu había decidido alquilar la planta baja de su casa, aunque todo el mundo en Calcuta sabía que los inquilinos causaban más problemas que beneficios reportaban. Ese descuido filial debía de ser un trago amargo, aunque la señora Basu, con la lealtad que se exige de toda madre, nunca se quejaba. En cierto sentido la señora Dutta jugaba con ventaja, pues Sagar se hallaba demasiado lejos para poner a prueba su amor.

—Al menos no te desprendas de la casa —le aconsejó la señora Basu—. Te resultaría imposible encontrar otra si tú...

—¿Si yo qué? —preguntó la señora Dutta en un tono tan cortante que cada palabra parecía una arista de piedra.

La sorprendió comprobar que estaba enfadadísima con la señora Basu, como no lo había estado nunca. ¿O era más bien miedo? «Mi hijo no es como los tuyos», había estado a punto de espetar. Respiró hondo y se esforzó por sonreír, se obligó a tener presente que tal vez no volvería a ver a su amiga.

—Ay, Roma —exclamó, abrazando a la señora Basu—, ¿crees que mi Sagar y mi Shyamoli no querrán vivir con esta vieja bruja?

La señora Dutta tararea una conocida Sangeet Rabindra mientras recoge el sari de la valla. Ha sido un buen día, tan bueno como es posible en un país donde uno puede mirar por la ventana durante horas sin ver ni un alma. Ningún verdulero ambulante con un cesto de mimbre en equilibrio sobre la cabeza. Ningún afilador que con su cantinela de «cuchillos, tijeras, hachas; cuchillos, tijeras, hachas» atraiga la presencia de los niños. Ninguna mujer *dehati* con tatuajes en los brazos que intercambie cacharros de cocina por saris de seda viejos. Qué caramba, si hasta los animales que frecuentaban Ghospara Lane tenían su peculiar personalidad. Perros vagabundos que aparecían ante la puerta de la cocina justo cuando había más posibilidades de que tiraran los restos, la cabra que introducía con esfuerzo la cabeza por la verja del jardín con la esperanza de llegar hasta sus dalias, vacas que se plantaban con aire majestuoso en el centro de la calzada, prescindiendo de los bocinazos y de los vehículos. Y justo al otro lado de la calle, la casa de dos plantas de la señora Basu, que la señora Dutta conocía tan bien como la suya. ¿Cuántas veces no había subido las escaleras para llegar a aquella espaciosa habitación decorada con plantas, paredes de color verdemar, donde la esperaba su amiga?

«¿Por qué te has entretenido tanto, Prameela? Ya se ha enfriado el té.»

«En cuanto te cuente lo que ha pasado, seguro que ya no me regañas por llegar tarde...»

Déjalo ya, vieja tonta, se reprende con severidad la señora Dutta. Cualquiera de tus parientes daría un brazo y una pierna por estar en tu lugar, lo sabes bien. Después del almuerzo escribirás una bonita y larga carta a Roma donde le contarás lo encantada que estás de vivir aquí.

La señora Dutta está recogiendo enaguas y blusas junto a la valla, desde donde ve el jardín del vecino. No es que haya gran cosa que observar: sólo césped uniforme y unas cuantas flores de color azul cielo cuyo nombre ignora. Hay dos sillas de madera bajo un árbol, pero nunca las utilizan. ¿De qué sirve un jardín tan grande si los dueños ni siquiera salen a sentarse?, se extraña. Calcuta vuelve a instalarse en sus pensamientos; Calcuta, con sus estrechos y renegridos apartamentos donde se hacinan familias de seis, ocho e incluso diez miembros en dos minúsculas habitaciones, y la asalta un sentimiento de pérdida que reconoce ilógico.

Al principio, cuando llegó a la casa de Sagar, la señora Dutta quiso saludar a los vecinos y llevarles tal vez un poco de su *rasogollah* especial de agua de rosas, tal como hacía a menudo con la señora Basu. Sin embargo Shyamoli le quitó la idea de la cabeza. En California no se acostumbraba a hacer ese tipo de cosas, le explicó muy seria. Uno no se presentaba en casa de un desconocido sin llamar antes. Allí todo el mundo estaba ocupado y no se quedaban horas charlando y bebiendo tazas de té con azúcar. Incluso cabía la posibilidad de que la recibieran con cierta brusquedad.

—¿Por qué? —había preguntado extrañada la señora Dutta.

—Porque a los americanos no les gusta que los vecinos —allí Shyamoli utilizó una expresión en inglés— invadan su intimidad.

La señora Dutta, que no captaba del todo el sentido de la palabra «intimidad», porque en bengalí no existía un equivalente para este concepto, había observado a su nuera con desconcierto. No obstante, entendió lo suficiente para no volver a plantear la cuestión. Pese a ello, durante los meses siguientes dirigió a menudo la mirada al otro lado de la valla, con la esperanza de trabar contacto. Las personas eran personas, tanto en la India como en América, y a todo el mundo le gusta ver una cara amable. Cuando Shyamoli llegara a su edad, lo comprendería.

Ese día, justo cuando está a punto de volverse, advierte un movimiento con el rabillo del ojo. De pie ante una de las ventanas hay una mujer de lustroso cabello dorado, como el de las heroínas de la tele cuyas hazañas desconciertan a la señora Dutta cuando a veces pone algún serial de tarde. La vecina está fumando y una espiral gris asciende desde sus dedos con elegante lentitud. La señora Dutta se alegra tanto de ver a otro ser humano en mitad de su solitario día que olvida lo reprobable que le parece el acto de fumar, sobre todo en las mujeres. Levanta la mano imitando el gesto que ha visto emplear a sus nietos para enviarle un cordial saludo.

La mujer se queda mirando a la señora Dutta. Lleva los labios pintados de rojo, perfilados con precisión, y cuando se lleva el cigarrillo a la boca la punta relumbra como el ojo de un animal. No le devuelve el saludo ni sonríe. Tal vez no se encuentra bien. La señora Dutta se compadece de ella, la imagina sola y enferma en una casa silenciosa con el único consuelo del tabaco, y lamenta que la insólita etiqueta de ese país le impida acercarse con una palabra de ánimo y un tazón de su *alu dum* recién cocinado.

La señora Dutta raras veces tiene ocasión de estar a solas con su hijo. Por la mañana Sagar tiene demasiada prisa incluso para beber el fragante té de cardamomo que ella se ofrece a prepararle, recordando que de niño siempre le rogaba un sorbo de su taza. No regresa hasta la hora de cenar, y después tiene que ayudar a los niños a hacer los deberes, leer el periódico, escuchar los detalles del día de Shyamoli, relajarse mirando su programa favorito de sucesos, y sacar la basura. Entre una cosa y otra, conversa con la señora Dutta, como un buen hijo. En respuesta a sus preguntas ella le asegura que se encuentra mucho mejor de la artritis; no, no, no se aburre todo el día en casa; tiene todo lo que necesita —Shyamoli ha sido muy amable— aunque... ¿podría comprarle unos cuantos aerogramas al volver del trabajo mañana? Recita obedientemente la lista de sus actividades del día que antes ya ha preparado y sonríe cuando él elogia sus platos. De todas formas, cuando Sagar dice: «Uf, ya es hora de retirarse, mañana me espera otro día de trabajo», ella siente que un vago dolor, como un hambre, le corre el corazón.

Por este motivo ese día adopta la misma expresión de alborozo del niño que recibe un regalo inesperado cuando deja la carta a medio escribir y sale a la puerta a recibir a Sagar, una hora antes de la llegada habitual de Shyamoli. Los niños están ocupados en el salón haciendo los deberes y leyendo tebeos (más bien lo segundo, sospecha la señora Dutta). En esa ocasión no le importa, no obstante, porque acuden a dar un breve abrazo a su padre y enseguida se enfrascan de nuevo en su lectura. De este modo puede disfrutar de la compañía de su hijo en una cocina impregnada de los familiares y acres olores de la salsa de tamarindo y de las hojas de cilantro picado.

—Khoka —dice, empleando el nombre infantil que lleva años sin pronunciar—, si quieres te frío un par de *luchis* bien calentitos.

Mientras aguarda su respuesta, siente en la garganta los rápidos latidos del corazón. Y cuando él responde sí, me encantaría, cierra los ojos y respira hondo, y es como si el tiempo misericordioso le hubiera devuelto la juventud, aquel dulce y doloroso apremio de ser necesaria.

La señora Dutta está refiriendo una anécdota a Sagar.

—¡Qué miedo te daban las inyecciones de pequeño! Una vez, cuando el médico del gobierno vino a poner las vacunas contra la fiebre tifoidea, te encerraste en el cuarto de baño y te negaste a salir. ¿Te acuerdas de qué hizo tu padre al final? Fue a cazar un lagarto al jardín y lo tiró por la ventana del baño, porque a ti te daban aún más miedo los lagartos que las inyecciones. No tardaste ni un segundo en salir gritando... para caer en los brazos del médico que te esperaba.

Sagar se ríe con tantas ganas que por poco derrama el té (preparado con azúcar de verdad, porque a la señora Dutta le consta que es mejor para su hijo que los polvos químicos que a Shyamoli tanto le gustan). Hasta le asoman lágrimas a los ojos, y la señora Dutta, que no se había atrevido a esperar que le divirtiera tanto su narración, se da por satisfecha. Cuando Sagar se quita las gafas para secarlas, su expresión se le antoja extrañamente juvenil; no es en absoluto un gesto propio de un padre, ni de un marido siquiera, y ella ha de reprimir el impulso de tender la mano y alisar con una caricia la marca que han dejado las gafas en su nariz.

—Me había olvidado por completo —reconoce Sagar—. ¿Cómo te acuerdas de todo eso después de tanto tiempo?

Porque las madres deben acordarse de lo que para los demás carece de importancia, piensa la señora Dutta. Repetirlo hasta la saciedad para que quede grabado en el bagaje familiar. Nosotras cuidamos y atendemos los rincones más antiguos del corazón.

Cuando se dispone a decirlo, sin embargo, la puerta principal se abre y suena el quedo repicar de los tacones altos de Shyamoli. La señora Dutta se levanta y recoge los platos sucios.

—Llámame quince minutos antes del almuerzo y freiré *luchis* para todos —dice a Sagar.

—No es necesario que te marches, madre —señala él.

La señora Dutta sonríe complacida, pero no se detiene. Sabe que a Shyamoli le gusta estar a solas con su marido cuando llega de trabajar, y ese día está tan contenta que se lo concede con ganas.

—Pero bueno, ¿crees que no tengo nada más que hacer que quedarme a charlar contigo? —contesta con fingido enfado—. Pues para que lo sepas, debo terminar una carta muy importante.

Detrás de ella se oye el golpe seco de un maletín que se vuelca. Le extraña, porque Shyamoli siempre es muy cuidadosa con su maletín, un regalo que le hizo Sagar cuando por fin la ascendieron a directora en la empresa.

—¡Hola! —saluda Sagar, sin obtener respuesta—. Eh, Molli, ¿estás bien?

Shyamoli acude con paso lento y el pelo revuelto, como si se lo hubiera alborotado con los dedos. Un rubor febril le enciende las mejillas.

—¿Qué pasa, Molli? —Sagar se acerca a darle un beso—. ¿Un mal día en el trabajo?

La señora Dutta, azorada como siempre por esa muestra de afecto conyugal, se vuelve hacia la ventana, pero antes alcanza a ver que Shyamoli aparta la cara.

—Déjame en paz —replica con voz temblorosa—. Quiero que me dejes en paz.

—¿Pero qué te sucede? —insiste Sagar, preocupado.

—No quiero hablar de eso ahora.

Shyamoli se sienta en una silla de la cocina y esconde la cara en las manos. Sagar se queda plantado en la habitación, con aire desolado. Levanta la mano y la deja caer, como si deseara consolar a su mujer pero temiera su reacción.

Pese a que en su interior percibe que se desarrolla un sentimiento de rabia protectora para con su hijo, la señora Dutta abandona la estancia en silencio. En el proyecto de carta escribe: «Las mujeres deben ser fuertes y no reaccionar así por menudencias. Tú y yo, Roma, hemos pasado por trances mucho peores, pero nuestras lágrimas han sido invisibles. Hemos sido buenas esposas y nueras, buenas madres. Éramos cumplidoras y no nos quejábamos, nunca pensábamos primero en nosotras.»

De improviso la asalta un recuerdo, un episodio en el que no ha pensado durante años, de un día en que se le quemó un postre especial.

—¿Es que tu madre no te ha enseñado nada, muchacha inútil? —le gritó su suegra.

Como castigo no le permitió ir al cine con la señora Basu, pese a que habían programado *Sahib, Bibi aur Ghulam*, una película que suscitaba el entusiasmo de todo Calcuta, y ya habían comprado las entradas. La señora Dutta se pasó toda la tarde llorando, pero antes de que el padre de Sagar llegara a casa se lavó la cara con agua fría y se puso *khol* para que no lo advirtiera.

Ahora todo se confunde, y su propia cara de joven que reprime el llanto se superpone a otra... la de Shyamoli... y un pensamiento le hiere el pecho con crueldad obligándola a sostenerse en la pared del dormitorio. «¿Y de qué nos sirvió? Cuanto más nos doblegábamos, más nos empujaban, hasta que un día olvidamos que éramos capaces de mantenernos erguidas. Quizá Shyamoli esté haciendo lo más correcto, después de todo...»

La señora Dutta se deja caer pesadamente en la cama, intentando alejar tan insidiosa idea. Ay, ese nuevo país, donde todas las normas están trastocadas, la está confundiendo. Siente la cabeza espesa, como una charca por la que han pasado demasiados búfalos. Tal vez sus pensamientos se aclaren si logra concentrarse en la carta de Roma.

Entonces recuerda que ha dejado el aerograma a medio escribir en la mesa de la cocina. Sabe que debería esperar hasta después de la cena, hasta después de que su hijo y su mujer hayan resuelto la situación. Pero una agitación —o tal vez una actitud desafiante— se ha adueñado de ella. Lamenta que Shyamoli esté enfadada, pero ¿por qué va a desperdiciar el resto de la tarde por esa razón? Irá a buscar la carta... al fin y al cabo, no hay nada malo en ello. Entrará sin rodeos a recogerla, y aunque

Shyamoli se interrumpa a media frase con uno de sus suspiros, no tiene por qué sentirse culpable. Además, a esas alturas seguramente ya estarán en el salón, mirando la tele.

«De verdad, Roma —escribe mentalmente mientras avanza a tientas por el pasillo a oscuras—, te escandalizaría saber cuántas horas pasan aquí delante de la tele. Los niños también, sentados toda la tarde delante de esa caja como si se hubieran convertido en muñecas pintadas como las de Kesto Nagar, y encima protestan de mala manera cuando les digo que la apaguen.» Por supuesto, nunca escribiría semejante blasfemia en una carta real. Sin embargo, se siente mejor al expresar su rechazo, aunque sólo sea para sí.

En el salón el televisor está encendido, pero por una vez nadie le presta atención. Shyamoli y Sagar conversan en el sofá. Desde el pasillo, la señora Dutta no los ve, pero parece como si sus sombras —enormes encima de la pared, proyectadas por la lámpara de la mesa— se desplazaran y se cernieran sobre ella.

Está a punto de deslizarse sin ser vista en dirección a la cocina cuando la voz aguda de Shyamoli la detiene en seco. Alterada, trémula y descarnada, le resulta tan distinta del sereno tono que suele emplear su nuera, que la señora Dutta es incapaz de alejarse, como si hubiera oído la llamada de los *nishi*, las almas perdidas de los muertos que habitaban los cuentos de su infancia.

—Para ti es muy fácil. Ya me gustaría ver qué cara habrías puesto si te hubiera venido a ti diciendo: «Tenga la amabilidad de pedirle a la anciana que no cuelgue la ropa encima de la valla de mi jardín.» Lo ha dicho dos veces, como si yo no entendiera el inglés, como si fuera una idiota. Tantos años procurando no darles a esos americanos la menor oportunidad para señalarnos con el dedo, y ahora...

—Bueno, Shyamoli, ya te he dicho que hablaré con mamá del asunto.

—Siempre repites lo mismo, y nunca haces nada. Estás demasiado enfrascado en tu papel de hijo perfecto, siempre con miedo a herir sus sentimientos. ¿Y yo? ¿No cuento?

—Baja la voz, Molli, los niños...

—No me importa que me oigan. No son tontos y saben lo mal que lo estoy pasando con ella. Tú eres el único que se niega a verlo.

En el pasillo la señora Dutta se encoge contra la pared. Desearía alejarse, no oír nada más, pero los pies no le responden, no consigue moverlos, y las palabras de Shyamoli se filtran en sus oídos como aceite humeante.

—Se lo he explicado un montón de veces, y ella sigue en sus trece: tira comida en perfecto estado, deja escurrir los platos sobre la encimera, prohíbe a mis hijos hacer cosas para las que yo les he dado permiso. Se ha apoderado de toda la cocina y guisa lo que le da la gana. El olor a grasa ha impregnado toda la casa, incluso nuestra ropa. ¡Sólo entrar por la puerta ya se nota el olor! Es como si esta casa ya no me perteneciera.

—Ten paciencia, Molli. Al fin y al cabo es una pobre vieja.

—Ya lo sé, por eso me he esforzado tanto. Soy consciente de que para ti es importante tenerla aquí, pero ya no puedo más. No puedo. Algunos días tengo ganas de llevarme a los niños y marcharme. —La voz de Shyamoli se reduce a un sollozo.

Sobre la pared se proyecta una sombra vacilante y luego otra. Tras la voz nasal del hombre del tiempo que anuncia una semana soleada, la señora Dutta oye un llanto agudo y asustado. Los niños, deduce. Seguramente es la primera vez que ven llorar a su madre.

—No hables así, cariño.

Sagar se inclina hacia ella, también angustiado. Las sombras de la pared se estremecen y se confunden en una sola silueta oscura.

La señora Dutta contempla esa silueta, en toda su solidaridad. Los murmullos de Sagar y Shyamoli se pierden, acallados por un ruido... ¿Está en sus venas, ese seco ronroneo, como el que producían los grifos en Calcuta cuando el ayuntamiento cortaba el agua? Al cabo de un rato advierte que ha llegado a su habitación. En medio de la oscuridad se sienta con suma suavidad en la cama, como si su cuerpo fuera del más fino cristal. O más bien de hielo, tanto es el frío que le abruma. Permanece así largo rato, con los ojos cerrados, mientras en su cabeza los pensamientos giran a velocidad cada vez mayor hasta desaparecer en una vertiginosa polvareda.

Cuando Pradeep acude por fin a llamarla para la cena, la señora Dutta lo sigue hasta la cocina, donde fríe *luchis* para todos. Los círculos perfectos de masa se hinchan y se vuelven crujientes y dorados como siempre. Sagar y Shyamoli han logrado algún tipo de tregua: ella le ofrece una leve sonrisa y él tiende la mano con desenvoltura para masajearle la nuca. La señora Dutta no da la menor muestra de azoramiento por ello. Come la cena. Responde a las preguntas que le formulan. Sonríe cuando alguien cuenta un chiste. Si su expresión resulta algo tensa, como si le hubieran administrado un sedante, nadie lo advierte. Después de recoger la mesa, se despide, aduciendo que debe terminar la carta.

Luego la señora Dutta se sienta en la cama a leer lo que escribió durante la inocencia de la tarde.

Querida Roma:
Aunque te echo de menos, sin duda te alegrará saber que me siento muy dichosa aquí, en América. Hay muchas cosas a las que debo acostumbrarme, pero las viejas también nos adaptamos. Al fin y al cabo, ¿no es eso lo que hemos hecho toda la vida?

Hoy estoy preparando uno de los platos preferidos de Sagar, *alu dum*. Me alegro mucho cuando veo a mi familia reunida en torno a la mesa, saboreando mis guisos. Los niños siguen mostrándose un poco reservados conmigo, pero espero que pronto seamos amigos. Y Shyamoli, tan segura y eficiente... Tendrías que verla cuando se viste para ir a trabajar. A veces me admiro de que sea la misma chica tímida que embarqué rumbo a América hace sólo unos años. Pero Sagar, sobre todo, es la alegría de mi vejez...

Con el borde del sari la señora Dutta enjuga con cuidado una lágrima que ha caído en el aerograma. Después sopla hasta secar por completo la humedad, para que la pluma no deje ninguna mancha delatora. Aunque Roma no se lo contaría a nadie, prefiere no correr riesgos. Ya imagina lo que comentarían sus ávidos parientes de la India, que han estado esperando a que ocurriera algo semejante. «Esa Dutta-ginni, tan obstinada... No me extraña que no se lleve bien con su nuera.» O peor aún: «¿Os habéis enterado? ¡Pobre Prameela, cómo la ha tratado la familia! Sí, hasta su hijo... ¿Te imaginas?»

Eso por lo menos se lo debe a Sagar.

¿Y qué se debe a sí misma, la señora Dutta, precipitada a una negra noche en la que todas las certidumbres en que se apoyaba se han desmoronado, derruidas unas sobre otras como estrellas en implosión, acompañada por una sola imagen? Una silueta —hombre, esposa, hijos— aglomerada sobre una pared, que le muestra lo sola que se halla en esa tierra de gente joven. Y hasta qué punto es prescindible.

Ignora cuánto tiempo permanece sentada bajo la cruda luz cenital, con las manos crispadas sobre el regazo. Cuando las abre, las uñas han dejado marcas, cual jeroglíficos rojos, en la blanda palma de las manos. Es el lenguaje de su cuerpo, que le indica qué debe hacer.

Querida Roma:

No puedo responder a tu pregunta de si soy feliz, porque ya no estoy segura de saber en qué consiste la felicidad. Sólo sé que no es lo que yo había supuesto. No se trata de que los demás te necesiten, ni de estar con la familia. Tiene que ver con el amor; sigo creyendo en eso, pero de una manera diferente, una manera que no acierto a expresar con palabras. Quizá logremos encontrarla nosotras juntas, dos viejas bebiendo té en la planta baja de tu casa (espero que me la alquiles a mi regreso), mientras a nuestro alrededor se difunden las habladurías —pero suaves, como lluvia de verano, pues no vamos a dejar que suenen más alto—. Con suerte... y tal vez, a pesar de todo lo sucedido, la suerte está conmigo... la felicidad vendrá mientras intentamos definirla.

Al hacer una pausa para releer lo escrito, la señora Dutta advierte algo con sorpresa: ahora que ya no le preocupa que las lágrimas emborronen la carta, no siente necesidad alguna de llorar.

La inteligencia de la vida salvaje

El cielo está veteado de gris y de un insólito rosa desvaído que nunca había visto. Quizá se deba al intenso frío, que está trastocando mis percepciones. Ando arrebujada en un abrigo de lana demasiado grande que me ha prestado mi hermano Tarun para este viaje en barco, intentando recordar qué es sentirse caliente. No sé muy bien por qué estamos en este ferry, por qué tratamos de cruzar este lago helado cuyo nombre no recuerdo, pese a que Tarun acaba de mencionarlo hace unos minutos. El áspero tejido huele a... tardo un momento en identificarlo... a musgo. Es un olor que me resulta oscuro y lánguido, el efluvio de un cuerpo secreto y apasionado. Una esencia que no acierto a relacionar con mi hermano, cinco años menor que yo, el pequeñín de la familia. ¡Qué furioso se ponía cuando lo llamaba así! Y ahora, ese aroma, tan nuevo para mí como el anguloso perfil de adulto de su mandíbula, que resalta oscura sobre la nieve cegadora de la lejana orilla. Igual de perturbador.

Es marzo en Vermont. El último día de mi estancia aquí. Mañana regresaré junto a Sandeep, mis dos hijas, mi jardín de Sacramento donde las buganvillas florecen incluso en invierno. No he cumplido el objetivo de mi visita. No he encontrado el momento adecuado para comunicar a Tarun que nuestra madre, con la que lleva años sin hablarse, se está muriendo en la India. No he hallado la manera de rogarle que vaya a verla.

La herrumbrosa cubierta del *River Queen* se estremece bajo mis pies mientras el barco prosigue la accidentada travesía por el lago. Oigo el crujido del hielo que tritura a su paso. Unas enormes mandíbulas de metal que se cierran en la penumbra subacuática sobre los grandes y resbaladizos témpanos hasta pulverizarlos, proyectando una lluvia de agujas de hielo en todas direcciones. Tal vez haya peces allá abajo y los dientes de acero despedacen sus cuerpecillos plateados, prestando lentamente al agua el tono rosado del cielo. «¡Otra vez te equivocas! —diría mi hermano si supiera lo que pienso—. Los peces saben mantenerse apartados del barco. Tienen la inteligencia de la vida salvaje.»

¿O tal vez no? Ya no estoy segura. Me levanto más el cuello del abrigo y me sitúo de espaldas al viento. Hace mucho tiempo que no compartimos nuestras fantasías ni nuestros miedos.

Cuando llegué de Sacramento, lo primero en lo que me fijé fue en la fotografía de su mesita de noche. Una chica risueña y pecosa, de cabello cobrizo. Llevaba una camiseta y vaqueros, demasiado ajustados para mi gusto. Al fondo se veía algo azul, tal vez este mismo lago. Pese a mi desaprobación reparé en el arce en el que se apoyaba, con sus hojas verdes perfectas, palmeadas como las patas de un anfibio.

Era consciente de que no había motivo alguno para enfadarme. Él tenía derecho a vivir su vida, a ir con una chica blanca, si eso era lo que deseaba. También estaba en su derecho a no contármelo. Después de haber vivido en ese país durante una década, ya lo había aprendido. Sin embargo, la cara me escocía como si me hubieran propinado una bofetada.

—Tarun, ¿quién es la chica de la foto?

—Mi novia.

Me respondió en inglés. Venía haciéndolo desde que llegué a Vermont. Era como una danza desacompasada: yo le dirigía mis largas frases bengalíes y él me contestaba con sus monosílabos extranjeros. ¿Había olvidado nuestra lengua materna, o lo hacía para provocarme? Quizá no fuera ni lo uno ni lo otro. Quizá sólo se tratara de que, después de tantos años entre americanos, ésa fuera la lengua que menos esfuerzo le costaba.

—¡Tu novia! —Advertí con desagrado que yo también había pasado al inglés—. ¡No sabía que tenías novia, y menos una blanca! ¿Qué dirá mamá cuando se entere?

Me asqueó el agudo tono fraternal de mi voz, la banalidad de mi respuesta. No era eso lo que pretendía decirle.

Tarun se encogió de hombros. A la luz de la lámpara de la mesita de noche, su rostro, cuya tez me recordó la cáscara de un huevo, permanecía ajena a toda culpa o preocupación.

—Puedes quedarte la cama si quieres. Yo dormiré en el sofá.

Por un momento, antes de ahuyentar la visión, imaginé los cabellos rojizos de la chica extendidos sobre la almohada, sus pálidos brazos rodeando la espalda morena de mi hermano.

—No, no te molestes —respondí—. Estaré muy bien en el sofá.

—Ya me imaginaba que dirías eso —comentó Tarun, con expresión que tanto podía ser divertida como irónica, o simplemente cortés.

—¿Vas a hablarle a mamá de ella? —espeté.

Era una pregunta estúpida. Tarun no había escrito a nuestra madre ni respondido a sus cartas desde que se mudó a este país. A veces, sin embargo, la estupidez es el único recurso.

—Pasan una película buena en el Empire esta noche. ¿Te apetece ir?

Esa vez no me costó interpretar la expresión de mi hermano: era simple aburrimiento.

Lo que más recuerdo de la infancia de Tarun son sus ojos, brillantes y muy negros. Cuando acercaba la cara a la suya, me veía reflejada en las pupilas, pequeñita, clara y más bonita de lo que en realidad era. Quizá por eso lo quería tanto.

Todo el mundo pensaba que Tarun era un buen chico. Nunca buscaba problemas, como otros niños del vecindario, que replicaban a los maestros, se enzarzaban en peleas o robaban pastillas del almacén Saraba Debi. Al volver del colegio, raras veces se incorporaba al bullicioso partido de críquet que se jugaba en el solar, enfrente de nuestra casa. Prefería estar con mamá y conmigo. Incluso cuando ya era un adolescente, acudía a la cocina donde nosotras preparábamos la cena y amasaba la pasta o me ayudaba a rebanar la calabaza amarga. Si nos interesábamos por sus estudios, nos ofrecía una detallada descripción de lo que había hecho durante el día: teoremas en clase de matemáticas, prueba de redacción en inglés, átomos y moléculas en ciencias. Pero lo que más le gustaba era escuchar los cuentos de mamá —relatos que la abuela le había contado a ella—, protagonizados por príncipes y princesas, portentosas bestias parlantes y joyas que, en contacto con las paredes de las cavernas, facilitaban la entrada a pasadizos secretos.

Cuando los parientes nos visitaban, siempre elogiaban a mamá por el modo en que lo educaba. (A mí me consideraban demasiado habladora, demasiado frívola, demasiado aficionada a esas revistas extranjeras que tomaba prestadas de mis compañeras de familias más adineradas.)

—Y sola, una mujer viuda como tú —añadían, al tiempo que saboreaban las *pakoras*.

—La verdad es que a mí me parece demasiado tranquilo —decía mamá, frunciendo apenas el ceño—. Pasa demasiado tiempo con nosotras. Preferiría que saliera, que tuviera más amigos, que aprendiera del mundo y a desenvolverse. Después de todo, yo no estaré siempre aquí, y su hermana pronto se casará y se mudará a otra parte.

—¡Será posible! —exclamaban las mujeres después de limpiarse con delicadeza la comisura de los labios con un pañuelo—. Como reza el dicho: uno no aprecia lo bueno hasta que lo pierde.

Ahora que la situación se me escapa de las manos, comprendo la verdad del proverbio.

Si hubiera sido pintora, esto es lo que habría plasmado, para mantenerlo al recaudo de la pérdida... y sobre todo del cambio, un proceso tal vez más cruel. Esto es lo que le habría traído hoy a Tarun: aquella cocina oscura, nuestra propia cueva, con sus acogedores olores a cilantro y *alholva*; el resplandor azul del hornillo de gas del rincón; tres personas, sentadas con las piernas cruzadas sobre el frío cemento, preparando la comida familiar mientras los cuentos nos envolvían con su hechizo.

En el barco el viento me azota los cabellos, formando nudos que tardaré horas en desenredar. Al otro lado de la cubierta, frente a mí, un grupo de hombres jóvenes abrigados con parkas de color verde intercambian chistes y empujones mientras beben de unas botellas disimuladas en bolsas de papel marrón. De vez en cuando me miran de soslayo, a mí y a mi atuendo tradicional. Seguro que no han visto a muchos hindúes. Me aferro a la barandilla, temblando, y deseo estar de nuevo en Sacramento, donde nadie me mira raro cuando voy a la tienda vestida con mi *salwaar kameez*. Todo me molesta: el viento cortante, las miradas furtivas, la facilidad con que mi hermano prescinde del frío, de los hombres, de su hermana que ha ido a visitarlo. Observa con atención el paisaje muerto como si no hubiese nadie más. Es posible que en cierta forma esté solo, aunque con sus vaqueros ceñidos y su chaqueta militar, a mí me parece uno más de los jóvenes que viajan en el ferry. Hasta su indescifrable expresión resulta del todo americana. Ironías del destino, pienso, porque a diferencia de mí, que había aceptado ansiosamente (¿demasiado tal vez?) un matrimonio pactado con Sandeep más que nada porque vivía en el extranjero, Tarun nunca quiso venir a América.

Unas semanas antes de que Tarun llegara a Vermont, mi madre me escribió una carta.

Hoy he tenido una discusión horrible con Taru. Sigue negándose a matricularse en esa universidad de Estados Unidos, pese a que ha recibido la carta de aceptación. Asegura que quiere quedarse conmigo. Pero a mí me da pavor que se quede. Ya sabes lo violento que está el movimiento naxalita en estos momentos en Calcuta. Cada mañana encuentran cadáveres de jóvenes en las cunetas. Taru insiste en que no corre peligro, que no milita en ningún partido político. Pero eso no significa nada. La semana pasada cometieron un asesinato en nuestra misma calle. ¿Te acuerdas de Supriyo, ese chico tan guapo? Él tampoco militaba en ningún partido. Manada Pishi, la vecina, me contó que le destrozaron la cara. Su pobre madre sufre una depresión. Yo le recordé eso a Taru, pero tampoco quiso escucharme.

Al final lo acusé de cobarde y le reproché que se escondiera del mundo detrás del sari de su madre, viviendo en una nube. ¿Cómo se le ocurría desperdiciar esa oportunidad, le grité, cuando yo había trabajado tanto para darle una educación? Le dije que era un desagradecido, una carga para mí. ¿Acaso no veía que la preocupación no me dejaba dormir por las noches? Ya te imaginas lo duro que fue para mí pronunciar estas palabras —en su cara vi el *abhimaan*, como una herida—, pero sabía que sólo así se marcharía.

En efecto: se había marchado. Lo que ella no había previsto era el carácter radical de su partida.

Hoy pienso en la palabra que mamá había empleado para describir la reacción de Tarun. *Abhimaan*, esa mezcla de amor, rabia y dolor que compone el núcleo de tantos relatos hindúes y para el cual no existe un equivalente en inglés. Si Tarun la abandonara, ¿sentiría *abhimaan* la chica pelirroja? ¿O acaso sólo somos capaces de experimentar una emoción cuando la lengua de nuestra infancia dispone de un término para expresarla?

La carta de mi madre me angustió, pero se trataba de una angustia peculiar, difuminada. Sabía que la situación en Calcuta era grave, pero era como si las tragedias de las que hablaba mamá no fueran reales, o al menos no tanto como mis propios problemas. El llanto de mi hija cuando le salieron los primeros dientes; el olor de nuestro piso, que siempre olía a curry rancio por más que lo fregase; las discusiones que manteníamos casi a diario con Sandeep y que resolvíamos inevitablemente de la única manera que sabíamos: abrazándonos con desasosiego en la cama, su boca que sabía a clavo y me embriagaba, brindándome un olvido transitorio. Ineludibles y cotidianas, esas cuestiones ocupaban tanto espacio en mi mundo que relegaban a un segundo plano todo lo demás. Unos meses más tarde, cuando Tarun llegó a Vermont y me llamó por teléfono, advertí en su voz un timbre acuciante, aguzado por la necesidad. No obstante, para mí esa voz procedía de otro plano de la existencia, como un relámpago que se descarga en lo alto en el cielo.

Me repelía el cambio obrado en mí, esa merma de la sensibilidad, esa quiebra de la inteligencia. Sin embargo, ignoraba cómo remediarlo. ¿Sufrirían otros esa misma enfermedad? No me atrevía a preguntárselo a Sandeep, que era la única persona a la que conocía lo suficiente en Estados Unidos como para hablarle de este tema.

Durante mucho tiempo conservé la carta de mi madre en el fondo del joyero, debajo de las gruesas ajorcas de oro de casada que ya no me ponía porque resultaban demasiado elegantes para la prosaica existencia que llevaba en Sacramento. Dudaba de si debía mandársela a Tarun, si aquello no sería una deslealtad para con mi madre.

Luego, en la mudanza a la casa nueva, perdí la carta. De todas formas, para entonces ya era demasiado tarde.

Los primeros meses después de instalarse, Tarun me llamaba casi a diario. No le gustaba cocinar sólo para él. Detestaba llegar a casa por la tarde y encontrar el piso vacío. Hacía tanto frío en Vermont que le daba la impresión de que se estaba congelando poco a poco, un órgano tras otro. Yo me esforzaba por no oír la súplica que impregnaba su voz. Sandeep estaba cerrado en banda a toda posibilidad de acoger en casa a ningún familiar, tanto suyo como mío. «Caérseme encima» era la expresión que utilizaba. Por eso yo le ofrecía a Tarun una variación del «Todos hemos pasado por eso», «Cuando quieras darte cuenta, ya te habrás acostumbrado». Era difícil pensar en algo más profundo mientras la niña me gritaba al oído o se derramaba la olla, y Sandeep, como la mayoría de los maridos criados en la India, no me ayudaba en nada. Tarun guardaba silencio un momento. Después se despedía con voz triste.

Durante largo tiempo no supe de la brecha que se había abierto entre mamá y Tarun, aunque ignoro si se debía a que no estaba en condiciones de asumirlo. Por entonces tuve a mi segunda hija, y Sandeep y yo nos estábamos enamorando por fin. Parecía un milagro tan frágil, nuestra casita de besos... Temía que hasta una palabra pronunciada por descuido la derribara.

Así, cuando llamaba a la India y mamá decía que hacía mucho que no recibía noticias de Tarun (era demasiado orgullosa para especificar más), y me pedía que lo llamara para asegurarme de que estaba bien, yo prefería no tomármelo en serio. «¡Ay, mamá —contestaba, ahogando con mi animada voz sus vacilantes palabras—, no te preocupes tanto! Ya no es un niño.» Luego dejaba un breve mensaje en el contestador de mi hermano aconsejándole que escribiera a casa, antes de añadir alguna alegre anécdota relacionada con las travesuras de sus sobrinas. Por aquella época me esforzaba mucho por mostrarme alegre, porque Sandeep me había informado de que a los hombres no les gustaban las mujeres deprimentes.

De todas formas, una noche en que mamá se mostró más insistente que de costumbre, hablé con Sandeep. Esperé hasta haber hecho el amor, porque entonces él solía estar de mejor humor, y le pregunté si Tarun podía visitarnos durante las vacaciones de verano.

—Aquí sólo puede contar conmigo —argüí—. Y él ha sido siempre tan tímido... No es de los que entablan nuevas amistades fácilmente.

—Aún estamos conociéndonos —dijo Sandeep, rozándome la mejilla—. Es mejor que nos concedamos a nosotros, y también a Tarun, un poco de tiempo para estar solos, ¿eh? —Suspiró, al ver que yo dudaba—. Eso es lo malo de las familias hindúes, que siempre se preocupan demasiado. A tu hermano le conviene vivir solo una temporada. Seguramente lo está pasando en grande en la universidad. A lo mejor tiene media docena de novias... sólo le faltaría que andaras vigilándolo.

Estuve tentada de hablarle a Sandeep, que era hijo único, de aquellas tardes de Calcuta, del olor de los *rutis* de trigo tostándose en la sartén, de cómo, al entrar Tarun en la cocina, lo abandonaba una cierta rigidez que solía mantener durante todo el día. Sin embargo, Sandeep ya bostezaba. No tardaría en recordarme que debía levantarse temprano para ir a trabajar. Miré sus labios, apretados en una fina línea sobre sus dientes grandes y regulares.

Podría haber discutido más, ahora lo sé. Podría haber amenazado. Sandeep necesitaba tanto una esposa como yo un marido. Temía tanto la soledad como yo. Por desgracia, en aquella época yo estaba demasiado insegura, demasiado enamorada del enamoramiento. Me resultaba mucho más fácil dejarme convencer, acurrucarme sobre la cálida curva de su espalda y renunciar a mi responsabilidad. Era más fácil decirme, mientras cedía a la dulce fatiga del sueño posterior al sexo, que conversaría con Tarun largo y tendido el siguiente fin de semana.

No obstante, el siguiente fin de semana siempre surgía algún obstáculo... y también el otro, y el otro. Varios viajes a la lavandería, visitas imprevistas para la cena, una de las niñas con fiebre. Luego las llamadas de Tarun se hicieron más breves y menos frecuentes, y las pausas entre sus frases resultaban más largas que todas sus palabras juntas. De todas formas, yo tampoco escuchaba. «A ver, qué hicimos ayer...», decía animadamente para llenar el silencio. Los años iban confundiéndose al transcurrir uno tras otro, mientras mentalmente confeccionaba la lista de la compra o intentaba recordar cuándo había fijado la siguiente cita con el dentista de las niñas.

Después volví de ver a nuestra madre y lo llamé para decirle que tenía que ir a visitarlo, de inmediato, y él respondió educadamente, en un tono tan desprovisto de sentimiento que me asustó: «Sí, claro, ven si quieres.»

De pequeños, a Tarun y a mí nos gustaba distraernos con un juego que se llamaba «la caza del tigre». Se jugaba con piedras y semillas de tamarindo, y se trataba de rodear las fichas del adversario hasta que ya no pudiera desplazarlas. Durante toda mi estancia aquí, siento que he estado jugando a ese juego... y he perdido. Acorralando a Tarun con mis palabras, con sus burdas sílabas melladas, sólo para ver como él se escabulle.

—Tarun, ¡qué lasaña más rica has preparado! ¿Cuándo aprendiste a cocinar tan bien?

—La he comprado al venir.

—¿Te acuerdas de cuando mamá nos freía *pantuas* para el postre y nosotros esperábamos a que se pusieran rojas? ¿Te acuerdas de nuestra cocina...?

—Mmm. Oye, ¿te importa si salgo un rato? He de hacer unos recados.

Sola en el apartamento, me sentaba frente al imperturbable y negro rostro del televisor. Pensaba en la inteligencia de la vida salvaje. En los gansos, las hormigas... En su capacidad para comunicarse sin palabras, sin sonido. Con un simple aleteo, un agitar de antenas. «Comida. Casa. Por aquí hay peligro.» Quería tocar con la punta de los dedos los de mi hermano y transmitirle todas las emociones que pugnaban por brotar de mi interior.

El mes pasado viajé a Calcuta para ver a mi madre. No la había visto desde hacía diez años, cuando contraje matrimonio. Me asombró lo mucho y a la vez lo poco que había cambiado. Atrapada en un atasco en el trayecto del aeropuerto a la casa materna (me sorprendí al comprender que ya no la consideraba mía), estuve mirando los gigantescos carteles de cine que se alzaban sobre mí. Los colores eran tal como los recordaba, chillones e ingenuamente llamativos. Los gestos de los protagonistas evocaban los mismos exorbitantes mundos de amor y peligro que me habían fascinado en la adolescencia. No conocía, sin embargo, ni un solo nombre, y las caras de los carteles eran tan jóvenes —tan jóvenes, tan duras y bellas— que me sentí al borde de las lágrimas.

En cuanto la vi en el aeropuerto, adonde había acudido desoyendo los consejos del médico, supe que mi madre se estaba muriendo. No era sólo la holgada caída del sari sobre su flaca espalda, ni el feo bastón con punta de goma en el que se apoyaba, ni el aspecto apergaminado de sus labios. Era su mirada, que por un momento permaneció enfocada más allá de mí mientras yo salía de la zona de aduana, como si no me reconociera, como si estuviera buscando a otra persona.

Apoyada en la barandilla del barco, con la vista perdida, cuento con los dedos helados las personas a las que quiero. Sandeep, mis hijas, mi madre, mi hermano. Es una lista cortísima, menos reconfortante de lo que esperaba. Mi madre se va a morir... quizás esté muerta ya. ¿Hasta qué punto se basa el cariño de mi marido en la conveniencia de un cómodo intercambio? ¿Cuánta decepción surgirá entre mis hijas y yo cuando crezcan y se independicen? ¿Y mi hermano? En sus hombros encogidos bajo la prenda de camuflaje militar, percibo la impaciencia. ¿Tiene tantas ganas de que me vaya como yo de irme?

Me obligo a engullir la bola helada que se me ha for-

mado en la garganta. Esbozo una sonrisa triste; llorar ahora
sería la humillación definitiva. Mañana regresas a casa, me
repito. Has hecho lo que has podido, y ahora te vas a casa.

«A casa.» Paladeo el sonido, tratando de imaginar los
diversos tiempos en que podría existir dicha palabra. ¿El
olor del pelo húmedo de mis hijas cuando llegan de jugar
en la calle? ¿La loción para después del afeitado de Sandeep, que dejaba un residuo en nuestras primeras sábanas? ¿Una oscura alcoba de suelo de cemento en Calcuta, el olor de la calabaza amarga frita, los ojos maravillados
de un niño atento?

¿Existe un camino de retorno a través de los años de
inmigrante, a través de la urdimbre helada del corazón?

—¡Mira! —Tarun señala un punto blanco situado
sobre un témpano de hielo.

Me enjugo los ojos, con la esperanza de que no advierta el enrojecimiento que siempre me delata, e intento fingir cierto interés. Este dichoso viaje en barco se me
hace eterno.

—¡Mira!

Es una especie de pájaro grande, de pico rojo y largas
patas también rojas. No debe de ser originario de esa región, a juzgar por los comentarios de los jóvenes chistosos,
pero no parece que esté perdido. Mientras el barco se acerca, el animal extiende sus alas blancas y nos observa con frío
aplomo. Yo he visto un ave como ésa, en algún sitio que no
logro recordar.

—Didi, ¿no se parece a un *sharash*?

Sí, exacto, se parece a la garza de las zonas pantanosas
de Bengala. Lo que más me asombra, no obstante, es el
nombre bengalí del ave, surgido de improviso de la boca
de mi hermano. Eso, y el cariñoso mote infantil que no ha
usado desde hace años. Didi. Una palabra breve y rutilante como un chispazo, tan potente como cualquiera de las
joyas encantadas que poblaban los relatos de mi madre.

Es poco después de la muerte de mi padre. Yo tengo ocho años, mi hermano tres. Mi madre, destrozada, nos ha mandado al campo, a casa de nuestro tío, con la esperanza de hallar cierto descanso. Nosotros nos sentimos mal, añoramos nuestro hogar, nos asustan los murmullos de la noche y nos aterrorizan las enormes arañas que tachonan las oscuras paredes del retrete. No congeniamos con nuestros primos, que saben ordeñar vacas y atravesar a nado el estanque. Nosotros nos lastimamos las rodillas cuando intentamos trepar a los árboles como ellos. Cuando lloramos, se burlan de nosotros.

Ese día, no obstante, tras una mañana presidida por la lluvia, el sol asoma tras los bordes de los nubarrones monzónicos, y los charcos resultan tan tentadores que no resistimos la tentación de chapotear en ellos. Nos hemos manchado de barro de pies a cabeza, pero no nos importa, aunque sabemos que nuestra tía nos regañará. Con actitud desafiante, corremos sin parar... hasta más allá del molino de arroz, más allá de la acequia, más allá de los campos de caña de azúcar con sus susurrantes sonidos. Corremos hacia las vías del tren. Quizá logremos colarnos en uno que nos conduzca hasta Calcuta, con nuestra madre. De improviso nos topamos con ellos: toda una bandada de *sharash* que se alimentan en los anegados campos de arroz. Mi hermano levanta las manos con alborozo, «¡Mira, Didi!», y las aves alzan el vuelo, formando un arco de aire plateado. Por un instante el cielo se llena de alas. Blancura y posibilidad. Permanecemos inmóviles, abrazados, hasta que desaparecen.

El ferry se ha acercado y todo el mundo observa el pájaro. Hasta los ruidosos jóvenes han guardado silencio. Los ojos del ave relucen como gotas de sangre. Nos devuelve la mirada. Me estudia a mí, estoy segura. Ha venido volando desde Bengala, salido de los viejos relatos, para traerme un mensaje que ha de salvarnos... si logro oírlo.

Algunas ilusiones son imprescindibles. Las necesitamos para vivir.

Por entre una brecha en las nubes, el sol flota tan bajo sobre el lago que si extendiera el brazo, abarcaría su ardiente dulzura con la mano. El lago Champlain, el nombre acude de inmediato a mi memoria. Antes de regresar a Estados Unidos, le rogué a mi madre que se viniera a vivir conmigo. Se negó. «Quiero acabar mis días en la casa donde falleció vuestro padre, donde nacisteis vosotros, tú y Taru.» En ocasiones estaba aturdida por los analgésicos.

—¿Qué puedo hacer por ti, madre? ¿Qué te haría feliz?

—Ver a mis hijos antes de morir.

—Pero si yo estoy aquí, madre.

—Ver a mis hijos antes de morir. Ver a mis hijos...

Todos nosotros caminamos a tientas en las cavernas, con las yemas de los dedos descarnadas por el roce de la piedra, en busca de esa fina grieta, el resquicio de una puerta que permita entrada al amor.

De repente me alegro de lo de la chica de pelo cobrizo.

El pájaro emprende el vuelo, con un poderoso y confiado batir de alas, trazando airosas curvas sobre nosotros. Estoy segura de que mi hermano no recuerda ese remoto día en el campo. De todas maneras, me acerco a él. Le toco la manga de la chaqueta. Por un momento parece deseoso de apartarse, pero entonces pasa el brazo alrededor de mis hombros y me da un breve y tímido abrazo.

Esta noche le explicaré un cuento a mi hermano. «Érase una vez una viuda que tenía dos hijos.» Lo contaré tal como se narraban los viejos relatos, sin culpa ni reproches, como fruto del dolor y la esperanza, para honrar el recuerdo. Tal vez no lo escuche, o tal vez sí.

Nos quedamos el uno junto al otro, nuestros hombros se tocan. El viento sopla entre ambos, un viento salvaje, inteligente. El pájaro blanco vuela directamente hacia el sol.

Las vidas de los desconocidos

La filtración de la lluvia ha formado un tapiz en la deteriorada pintura de las paredes del comedor del hotel Nataraja Yatri, pero nadie repara en ello salvo Leela. Los otros miembros de la expedición de peregrinaje se han reunido junto al fuego que chisporrotea en un rincón y gritan al muchacho *pahari* para que se apresure con el té. La tía Seema está sentada junto a una de las maltrechas mesas de madera con un grupo de mujeres, todas ellas arropadas en los vistosos chales que compraron con ocasión del viaje. De vez en cuando se miran el regazo con expresión de asombro, como gorriones que al despertarse se descubrieran cubiertos de un plumaje de cacatúas.

La tía hace señas a Leela para que se siente a su lado.

—Caramba —exclama—, es increíble el fresco que hace aquí en Cachemira. De hecho, resulta bastante agradable. ¡Y pensar que en este preciso instante en Calcuta la gente está sudando a mares, incluso con los ventiladores a toda potencia!

Las mujeres sonríen, complacidas por haber tenido el acierto de abandonar la bochornosa Calcuta en plena canícula para efectuar un viaje que les proporcionará consuelo en la tierra y buena disposición en el cielo. Mantienen la cabeza bien erguida y alargan el cuello como las bailarinas de danza clásica. Esas regordetas mujeres de mediana edad, las mismas que leían sin gran interés historias románticas en la revista *Desh* durante el interminable trayecto en tren desde la estación Howrah, se han metamorfoseado ya en doncellas de Shiva, listas para la aventura que las conducirá hasta su sagrado santuario de Amarnath. Sus ojos brillan de entusiasmo mientras comentan lo remoto que queda el templo, el recorrido a pie que tendrán que efectuar durante tres días sobre peligrosos glaciares hasta llegar a él. Al observarlas, Leela se pregunta si ése es el verdadero aliciente de todo viaje, esa esperanza de transformación. ¿Le traerá su propio periplo, que inició en Estados Unidos un mes atrás, ese anhelado cambio?

Les sirven el té, dulce y humeante, en enormes teteras de aluminio junto con la cena: *parathas* de trigo con mantequilla, rellenas de patatas aliñadas con especias. Después de comer, el guía les aconseja que se retiren a descansar y les recuerda que el viaje no se trata de una excursión turística, sino de un *yatra* sagrado, un peregrinaje peligroso. Durante un rato expone las normas: comida exclusivamente vegetariana y nada de sexo. Las mujeres que tengan la menstruación no deben continuar. Hay muchas reglas más, pero el bengalí del guía está plagado de largas y formales palabras que Leela ignora, de modo que deja de prestar atención. Al final el hombre comenta algo sobre el pecado y la expiación que a ella se le antoja terriblemente complejo y, por ende, muy hindú.

Más tarde, en la cama, Leela pensará en la señora Das. Durante la cena la señora Das había permanecido sola en una mesa, la más baqueteada de todas. En una sala repleta de risas nerviosas (porque el responsable los había asustado un poco a todos, aunque nadie lo admitiera) ella se había mantenido absorta, en silencio, con los brazos muy juntos, como si en su infancia le hubieran acostumbrado a no ocupar demasiado espacio en el mundo. No hablaba con nadie. Bajo el cabello rizado y entrecano, su rostro destacaba anguloso y ascético.

Leela no conoce a la señora Das, pero tiene mucha información sobre ella porque las amigas de la tía Seema hablan con frecuencia de esa mujer. Más que nada, para ponderar su mala suerte.

—¡Horroroso! —exclama la esposa del médico—. Su marido murió sólo dos años después de la boda y la familia política, que la odiaba porque había sido una unión por amor, no tardó en alegar que el matrimonio era ilegal. Eran asquerosamente ricos... los Das de Tollygunge, ya sabéis... contrataron a los mejores abogados. Ella lo perdió todo: el dinero, la casa y hasta las joyas de la boda.

—No hay justicia en este mundo —comenta la tía, con un compasivo chasqueo de lengua.

—Tuvo que ponerse a trabajar en una oficina —añade alguien—. ¿Os imagináis? ¡Una mujer de buena familia, obligada a mezclarse con peones y oficinistas de la casta inferior! Así consiguió que su hijo fuera a la universidad y se casara.

—Y ahora su nuera se niega a vivir con ella —tercia la tía—. Así que ha tenido que trasladarse a una residencia para mujeres. ¡Una residencia para mujeres! ¡A su edad!

—Algunas personas son así, nacen con mala estrella. —La mujer del médico sacude la cabeza con aire apesadumbrado—. Atraen la mala suerte sobre ellas y sobre cuantos las rodean.

Leela examina el caleidoscopio de emociones que se reflejan en el rostro de las mujeres. Excitación, piedad, alegre indignación. ¿Será verdad, eso de que algunos nacen con mala estrella? En Estados Unidos habría descartado una idea tan supersticiosa con displicencia, pero la India es un país complejo. Como si hubiese entrado en un primitivo lago cenagoso, en este lugar ha de mirar por dónde pisa.

Los más felices recuerdos de infancia de Leela se referían a situaciones solitarias: leyendo en su habitación con la puerta cerrada, jugando al ajedrez en el ordenador, emprendiendo largos paseos en bici por la ciudad, yendo al cine sola. Así se ven más cosas, explicaba a sus padres. No se perdía fragmentos importantes de diálogo porque su compañero se dedicaba a comentar cuestiones banales. Sus padres, personas solitarias a su vez, no se oponían: sabían que la gente —a excepción de un selecto grupito— era ruidosa y desordenada. Por ese motivo, siendo jóvenes, habían escapado de la India para trabajar de investigadores en Estados Unidos. Desde que Leela tenía uso de razón, habían fomentado su inclinación por la intimidad. Cuando se hizo programadora informática, les pareció estupendo que realizara buena parte de su trabajo desde casa. Cuando inició su relación con Dexter, otro programador que conoció en una de las escasas conferencias a las que asistía, también dieron su beneplácito, aunque con menos entusiasmo.

La relación con Dexter fue breve. Quizás era algo inevitable. Cuando repasaba el tiempo que pasaron juntos en busca de incidentes que recordar, Leela sólo era capaz de evocar un sentimiento vago, una sensación como de estar envuelta en una manta muy tupida en un día de frío, abrigada pero también constreñida. Incluso cuando su relación marchaba viento en popa, nunca llegaron a vivir juntos, por decisión de Leela. Prefería dormir sola; y después de hacer el amor a menudo se trasladaba a la otra cama que tenía en su apartamento. Las personas son demasiado vulnerables cuando duermen. Una esencia ajena puede invadirlas. En una ocasión se lo había explicado a Dexter. Él le había acariciado el pelo con dedos que ella consideraba sensibles y artísticos, y en principio había parecido comprenderlo. Por lo visto se equivocaba, pues ésta fue una de las cuestiones sobre las que insistió con más amargura antes de marcharse.

—Eres como una criatura erizada de espinas que vive en el fondo del océano —dijo—. Todo lo repeles con tu coraza hermética. No me necesitas, ni a mí ni a nadie.

No era del todo cierto. Una semana después de su

partida, Leela acabó en urgencias, tras haber tomado un frasco entero de somníferos.

Un encuentro con la muerte —aunque sea frustrado, pues Leela había llamado a urgencias en cuanto terminó de tomar las pastillas— transforma a las personas de una manera inexplicable. Después de soportar el hospital, la policía y el psicólogo que le asignaron por vía judicial, Leela debería haber exhalado un suspiro de alivio al regresar a su tranquilo y ordenado apartamento. En lugar de ello, por primera vez en su vida, se encontró incómoda consigo misma. Sola, se le antojaba innecesario descorrer las cortinas o limpiar las bandejas de comida preparada que se apilaban en la mesita de centro. La casa adquirió una tonalidad verdosa de penumbra subacuática. El ordenador acumulaba polvo mientras ella vagaba por las habitaciones a veces con los ojos cerrados, pasando los dedos a modo de aletas sobre los muebles, comprobando si la acusación de Dexter era cierta. Ignoraba cuándo había comenzado a pensar en la India, donde nunca había estado. La idea cobró forma en el fondo de su cerebro y creció como una lapa. En su imaginación el país era vasto y vago, con un halo de talismán. No sabía por qué, lo asociaba con la lluvia, con los cuervos carroñeros, el tintineo de los tranvías color naranja y la tonalidad verde grisácea de las orejas de los elefantes. Aquellos elementos no aparecían en los relatos que le habían contado sus padres siendo niña, pues aunque los temas de los cuentos eran variados —desde las vidas de científicos famosos a las leyendas de la antigua Grecia y Roma—, las historias nunca se referían a su tierra natal, un país del que parecían haberse desprendido con la misma facilidad con que un largarto abandona su cola.

Cuando llamó a sus padres para comunicarles que se iba, no les explicó el motivo de su partida. Quizá ni ella misma lo sabía. Tampoco les habló del intento de suicidio, un recuerdo que la mortificaba cada vez que se introducía en su pensamiento. Fieles a su costumbre, no le ofrecieron consejo, aunque le pareció que su madre reprimía un suspiro. Esperaron a ver si decía algo más y al ver que no añadía nada, le indicaron que se pusiera en contacto con la tía Seema, la prima de su madre.

—Procura mantenerte apartada de las multitudes —le advirtió su padre.

—Eso le resultará imposible —señaló la madre—. Lo único que debes hacer es ponerte las vacunas antes de irte, cuidarte de beber agua hervida en toda ocasión y no implicarte en la vida de los desconocidos.

¿Qué esperaba Leela de la India? Las banalidades del calor y el polvo, la pobreza y la mugre, sí. La bulliciosa confusión de las calles de las ciudades donde los negrísimos coches Ambassador de los ricos avanzaban a paso de tortuga, a golpe de bocinazo, entre sudorosos conductores de *rickshaws* y vacas que permanecían inmóviles, tan dignas como damas respetables. No había previsto, sin embargo, que Calcuta la conquistara tan fácilmente con la melancólica poesía de los viejos saris de algodón puestos a secar en los tejados; con las tiendas saturadas de olores que no reconocía pero que sabía indispensables. Por las tardes, el tendero hacía oscilar una lámpara delante de un calendario de vivos colores que representaba la coronación de Rama. Sus clientes aguardaban entonces sin dar muestras de impaciencia. A veces se acodaba en la ventana de su dormitorio al amanecer y escuchaba, entre el rugir de los autobuses, la asombrosa voz de un joven de una casa vecina que practicaba una *raga* matinal.

En el aeropuerto, la tía Seema le había parecido gruesa, desaliñada y sudorosa... exactamente lo contrario de su madre. La mujer se abalanzó sobre Leela con un grito de alborozo, le estampó un beso en cada mejilla y la atrajo hacia su amplio pecho fragante de talco, exclamando lo contentísima que estaba de conocerla. En Estados Unidos a Leela le habría repelido tanta efusión, sobre todo viniendo de una desconocida. Sin embargo, allí le resultó tan adecuado —y tan agradable también— como el vaso de zumo de naranja, empalagoso de tan dulce, que le sirvió la criada en cuanto llegó a la casa.

La tía vistió a Leela con sus saris de algodón almidonado, le puso unas bandas de la misma tela en la frente y le pintó los ojos con *khol*. La obligó a aumentar su rudimentario vocabulario en bengalí negándose a hablarle en inglés. Le cocinó pescado salteado con comino negro y *moglai parathas* rellenas de huevo y cebolla, a las que había que dar la vuelta sin descuidarse en el momento crucial. A Leela le encantó aquella comida, aunque le produjo acidez de estómago. La tía la acompañó asimismo al templo Kalighat para que recibiera una bendición y la llevó a escuchar conciertos de música que duraban toda la noche y a las casas de sus amigas, todas las cuales se empeñaron en buscarle un marido.

Leela obedecía sin rechistar. Como una niña que actuara en su primera obra de teatro, estaba entusiasmada con la vibrante irrealidad de la vida que llevaba. Por la noche, acostada en la gran cama con su tía (al tío lo habían exiliado a un camastro del piso de abajo), miraba la suave y blanca oscilación de la mosquitera movida por la brisa del ventilador y ponderaba el inesperado placer que le producían todos los aspectos desorganizados del día. La India era un carnaval interminable. ¿Quién habría imaginado que se sentiría tan a gusto allí?

Por eso, cuando la tía Seema dijo: «¿Quieres ver la auténtica India, la India espiritual? Hagamos un peregrinaje», Leela accedió sin titubeos.

La conversación se inicia al concluir el primer día de marcha. En una de las tiendas de las mujeres, donde Leela yace entre peregrinas acurrucadas en mantas que se masajean los músculos doloridos, una voz se eleva en la oscuridad.

—¿Sabes? El saco de dormir de la señora Das no ha llegado al campamento. No entienden qué ha pasado. Los guías juran que lo han atado a una mula esta mañana...

—Es verdad —confirma otra voz—. Yo los he oído quejarse porque han tenido que echar mano de sus propios equipajes a fin de reunir unas mantas para ella.

En el anonimato de la oscuridad, las voces adoptan crueles tonos corales. Propagan la sospecha como si se tratara de bacterias, listas para multiplicarse en cualquier lugar.

—Es como esa vez en el tren. ¿Os acordáis? Fue la única que se intoxicó con la comida...

—Sí, sí...

—No sé qué pasará la próxima vez...

—Mientras no nos afecte a nosotras...

—¿Cómo puedes estar segura? Quizá la próxima vez sí repercuta en otros...

—No quisiera pecar de egoísta, pero estaría más tranquila si no nos acompañara...

—Yo también...

Leela piensa en la tienda donde pernocta la señora Das. Se pregunta qué dirá la gente allí, qué opinarán. Una imagen invade su mente con breve y cruda claridad: el enjuto cuerpo de la anciana encogido bajo las mantas prestadas. En la oscuridad poblada de susurros, sus finos labios amoratados se cerrarían con fuerza en un sueño fingido.

En su lento ascenso por el sendero entre la niebla matinal, la hilera de peregrinos ataviados con abigarradas prendas de lana parece una vistosa guirnalda. Pronto la luz adquirirá una cualidad brutal y cegadora, pero a esa hora resulta soñolienta y difusa. Una mujer se detiene para entonar un cántico. «Om Namah Shivaya, Salutación al

Favorable.» Las notas tiemblan en el aire, como burbujas, piensa Leela. Los peregrinos permanecen en silencio... los peñascos nevados tienen un carácter que no casa con los murmullos. El guía ha sugerido que inviertan el tiempo de marcha en la reflexión y el arrepentimiento. Leela, por su parte, empieza a pensar sin querer en accidentes.

Recuerda con toda claridad el primero. Debió de ser una ocasión especial, quizás un cumpleaños o la visita de alguien que no vivía en su misma ciudad, porque su madre estaba cocinando. Raras veces preparaba comida hindú con ingredientes frescos, y Leela, que tendría unos cuatro años, recuerda que estaba irritable y distraída. Queriendo ayudar, la niña había tirado de un cazo lleno de *dal*, cuyo contenido humeante se había derramado sobre su brazo. Se puso a correr por la cocina, gritando, como si fuera posible huir del dolor. Mucho después de que su madre le sumergiera el brazo en agua helada y le aplicara una pomada para mitigar el dolor, la niña seguía sollozando. Ahora se daba cuenta de que ese llanto se debió a la rabia por haber sido víctima de un engaño. Hasta entonces no había sospechado que a veces las buenas intenciones no lograban vencer las fuerzas del mundo físico.

Después de éste ocurrieron otros accidentes, pese a que no era una niña especialmente traviesa. En el recuerdo de Leela los incidentes se difuminan, mezclándose como el paisaje percibido desde la ventana de un coche que circula a toda velocidad. Se cayó de la bicicleta delante de un coche en marcha; por suerte el conductor tenía buenos reflejos, y sólo le pusieron unos cuantos puntos en la barbilla. Viajaba en el asiento del acompañante en la furgoneta de su madre cuando una piedra salida quién sabe de dónde rompió el parabrisas y le llenó el regazo de añicos plateados. Un cable eléctrico defectuoso se incendió una noche en su habitación mientras dormía. Su madre, que se había levantado a beber, percibió el olor del humo y corrió al dormitorio, donde descubrió la alfombra ardiendo en torno a la cama. ¿Cabe deducir de ello que Leela tiene suerte por haber escapado tantas veces del desastre? ¿O acaso su mala estrella, neutralizada durante todo ese tiempo por algún desequilibrio de la estratosfera, está aguardando su oportunidad?

Finalmente recuerda el intento de suicidio, una evocación que desde su llegada a la India ha mantenido a raya en un apartado rincón de la mente. ¿Puede catalogarse de accidente, un accidente que se infligió a sí misma? Evoca el magnético y rojo resplandor de las pastillas redondas posadas en la palma de su mano, su inusitada solidez, como guijarros metálicos. El alarido de la ambulancia en la calle. El viejo que vivía delante espiando por un resquicio de la puerta, con cara lúgubre, sin la menor demostración de sorpresa. El ácido dolor en la garganta tras el lavado de estómago. Después se había mantenido con la vista fija en la pared de la sala de urgencias, demasiado avergonzada para mirar al auxiliar que preguntaba algo. Es una especie de advertencia vital que tal vez ahora le sirva de ayuda, mientras avanza con cautela por ese hermoso sendero glacial, atenta a posibles grietas. Sin embargo, por más que intenta recordarlo, no lo consigue.

Al atardecer, el jefe de los guías distribuye a los peregrinos en diferentes tiendas, según alguna complicada lógica que Leela no ha conseguido descifrar. Esa noche, no obstante, cuando se encuentra en la tienda de la señora Das, con su saco de dormir dispuesto junto a las mantas de la anciana, se pregunta si no será el destino lo que la ha llevado allí.

Al igual que sus padres, Leela siempre ha creído en la responsabilidad individual, aunque últimamente ya no está tan segura. Cuando el día anterior le preguntó a la tía Seema al respecto, ésta le acarició afectuosamente la mejilla, divertida.

—Ay, cariño... ¡creer que uno podrá controlarlo todo en la vida! ¡Qué absurdo y qué americano!

El destino es un concepto seductor. Cavilando al respecto, Leela siente que los acontecimientos de su vida pierden peso y pasan a través de ella como nubes. Las simplistas palabras terrenales a ellos asignadas —orgullo, vergüenza, culpa, insensatez— ya no le parecen tan adecuadas.

—Por favor —susurra en bengalí la señora Das, sacando bruscamente a Leela de su reflexión. Está sentada en el suelo de lona de la tienda, apoyada sobre el rollo de mantas, y las piernas sobresalen como ganchos de su sari—. ¿Podría pedir a uno de los empleados que traiga un poco de agua caliente? Me duelen mucho los pies.

—Desde luego —responde Leela, levantándose al instante.

Experimenta una inexplicable alegría al brindarle ese pequeño servicio. La tía, molesta por la tienda que le había correspondido a Leela esa noche, le había susurrado que se mantuviera apartada de la señora Das. No obstante, la tía está en el otro extremo del campamento, mientras que el destino ha conducido a Leela hasta allí.

Cuando llega el cubo de agua, la señora Das se descalza con aire furtivo. Los zapatos son feos y baratos, de cuero rígido. Al observarlos, Leela se siente culpable de disponer de sus botas americanas forradas con muletón, aunque no sea de auténtica lana. Después reprime un grito de horror.

Desprovistos de los calcetines y zapatos, los pies de la señora Das presentan un terrible estado, hinchados hasta los tobillos. Los dedos gordos están llagados y amoratados por un inicio de congelación. De los talones mana un pus amarillento. La señora Das parece preocupada, pero no sorprendida: es evidente que el suplicio dura un par de días. Aprieta los dientes, se incorpora trabajosamente y trata de levantar el cubo. Leela se lo arrebata de la mano y la sigue hasta la salida de la tienda. La señora Das tiene dificultades en inclinarse y lavarse los pies, de tal manera que la joven se arrodilla y lo hace en su lugar.

No le repugna limpiar las llagas infectadas, y eso le extraña. Por lo general evita el contacto con la gente, incluso con sus padres: pocas veces fue más allá de una somera presión de los labios contra la mejilla o una breve palmada en el hombro. En la época en que salía con Dexter, si éste la abrazaba, buscaba una excusa para zafarse al cabo de unos minutos. Sin embargo allí está, rompiendo un viejo sari a tiras y vendando los pies de la señora Das, actuando con una destreza que no sospechaba que poseyera, sus manos morenas sobre la piel morena de la señora Das. Cae en la cuenta de que es la primera vez que se presta a tal grado de intimidad. Le resulta extraño que haya sido una desconocida la que la haya abierto como un diccionario para que de ella aflorara esa palabra cuya definición se le había escapado hasta entonces.

Alguna mujer de la tienda debe de haber comentado lo sucedido, porque en plena noche llega el médico del grupo, proyectando en el suelo de la tienda un irregular círculo de luz.

—¿Y ahora qué pasa? —pregunta a la señora Das, que intenta adoptar una expresión de inocencia.

¿A qué se referirá? El médico suspira, entrega la linterna a Leela, retira las precarias vendas y chasquea la lengua mientras examina los pies de la señora Das. Hay indicios de infección, dice. Es preciso administrar una vacuna antitetánica de inmediato, e incluso con eso es posible que las llagas empeoren. ¿Cómo había sido tan irresponsable de no avisarlo? Saca una gruesa jeringa del maletín y le administra una inyección.

—De todas formas debe acudir al hospital de Pahelgaon cuanto antes —concluye—. Pediré al guía que encuentre la manera de mandarla de vuelta mañana.

La señora Das aferra el brazo del médico. Bajo el errático haz de luz de la linterna, sus ojos, agrandados por los

gruesos cristales de las gafas, emiten un brillo desespera-
do. No le importa el estado de sus pies, asegura. Para ella
lo fundamental es culminar el peregrinaje. Ha esperado
tanto tiempo para realizarlo... Sólo falta un día de marcha
para llegar al templo de Shiva. Si se viera obligada a regresar, eso la mataría con más seguridad que la infección.

El bigote del médico, que le confiere cierto aspecto
de morsa, se curva en una mueca de exasperación. Respira hondo y asegura que dos días más de dura marcha pueden causar un principio de gangrena, aunque al decirlo
asoma en su rostro una fugaz expresión de incertidumbre. Luego, tras repetir que la señora Das debe regresar
al día siguiente, se apresura a marcharse sin dar lugar a
más ruegos.

La oscuridad que deja tras de sí está irisada por finas
telarañas de luz de luna. Leela lanza una mirada al cuerpo
que yace a su lado. La señora Das permanece inmóvil, y eso
la inquieta más que cualquier ataque de histeria. Al otro
extremo de la tienda oye roces y susurros que delatan alivio. Irritada, piensa que si la paciente hubiera sido otra persona, el médico no se habría mostrado tan categórico al
ordenar su regreso. La luna se esconde tras una nube. Alrededor de Leela la oscuridad se acumula, densa como una
masa de lana negra. Extiende el brazo a través de las tinie-
blas hasta donde cree que se halla la mano de la señora Das.
Percibe el tacto de su piel apergaminada que le recuerda
la tela de un impermeable barato. Le sujeta la muñeca con
timidez e indecisión. ¿Se consideran las palmaditas un gesto
de condescendencia en el contexto de la etiqueta hindú?,
se pregunta, arrepentida de su impetuosidad.

Entonces la señora Das mueve la mano —es la rápida reacción de un animal nocturno consciente de que su
vida depende de esa economía en los actos— y se aferra
con fuerza a los dedos de Leela.

Esa misma noche, más tarde, la señora Das intenta proseguir el ascenso por su cuenta. Un vigilante la localiza, la detiene y la obliga a regresar. Todo ocurre deprisa, sin ruido, y Leela sigue durmiendo.

Cuando despierta, la tienda está bañada por la plácida luz de la montaña, llena de mujeres y de murmullos de chismorreos.

—Y allí iba, sola, a oscuras, sin víveres, sin una linterna siquiera, ¿te imaginas?

—Menos mal que el guía la vio antes de que doblara la curva del camino, de lo contrario habría acabado en el fondo de un barranco.

—O congelada...

—¡Qué loca! Dicen que cuando la han querido detener, se ha resistido con uñas y dientes... Pues sí, ¡hasta les ha causado heridas! Como una persona poseída por un espíritu maligno.

Leela mira el lecho de la señora Das, dos mantas oscuras y peludas cubiertas con una sábana. Parece la piel de un animal vuelta del revés. La excitación de las mujeres restalla en el aire y sus brazos parecen emitir pequeñas descargas. ¿La dificultad para entender a los hindúes se debe a que han dispuesto de muchos siglos más para formular sus creencias? Evoca la expresión de Dexter antes de que diera el portazo, la simple incandescencia de su rabia. En cierto sentido, venía esperando aquello desde hacía tiempo. ¿Y lo de la señora Das...? Se observa los dedos y recuerda el reseco contacto de la mujer al agarrárselos, como una garra de pájaro.

—¡A lo mejor imaginaba que llegaría al templo ella sola! —exclama alguien.

Leela localiza a la tía Seema y le tira del sari.

—¿Dónde está ahora la señora Das?

—Los guías la han puesto en una tienda aparte, donde la vigilan, y luego la mandarán de vuelta —responde la tía, sacudiendo con tristeza la cabeza—. Pobre... Me da pena, de verdad. Aunque debo reconocer que me alegro de que se vaya. —En su rostro se instala una mueca de suspicacia—. ¿Por qué lo preguntas? ¿Hablaste con ella anoche? Leela, oye, ¿adónde vas?

Leela encuentra a la señora Das en una pequeña tienda custodiada por un guía. No se diría que apenas unas horas antes se ha enfrentado a varios hombres. Acurrucada en un desteñido chal verde, dormita plácidamente apoyada en el poste de la tienda, aunque tal vez ello se deba a los calmantes que el médico le ha administrado. O quizás a esas alturas haya pocas cosas en el exterior de su cabeza que despierten su interés. Ha perdido las gafas en su aventura nocturna, y cuando Leela le toca el hombro, levanta la cabeza, parpadeando con dignidad.

Leela abre la boca, dispuesta a decirle que lamenta el trato que le han dispensado. Sin embargo, se sorprende al pronunciar unas palabras muy distintas.

—Voy a regresar con usted.

La expresión aturdida de la señora Das refleja su propio estado de ánimo. Cuando al cabo de un momento la anciana le pregunta con cautela por qué, sólo acierta a responder con un encogimiento de hombros. No está segura de cuáles son sus motivos. ¿Es su deseo de demostrar (pero a quién) que de algún modo es superior a los demás? ¿Es la lástima, una emoción que siempre le ha inspirado desconfianza? ¿Es alguna brumosa afinidad que siente por esa desconocida? No obstante, si uno cree en el destino, nadie es un desconocido, ¿verdad? Siempre existe una conexión, un motivo por el que la gente penetra en la propia órbita, erizada de oscura energía como un meteoro a punto de entrar en colisión.

Mientras Leela baja de la montaña por un sendero en cuyas márgenes crecen unas hierbas lozanas y granadas, se siente tentada de preguntar a la señora Das acerca del destino, si cree en él y qué aspectos abarca. Sin embargo, la señora Das se aferra a la silla de la mula con la rigidez y el temor de quien nunca ha cabalgado. El hijo del guía, un joven de barba descuidada, va al frente de la pequeña comitiva tarareando la canción de una película que Leela recuerda haber oído en otro mundo, durante una expedición con la tía Seema a algún mercado de Calcuta.

La mujer se halla sumamente preocupada por la decisión de Leela de acompañar a la señora Das. Aunque, a pesar de ese adverbio tan intenso, la palabra «preocupada» resulta demasiado simple para describir el cambio operado en su tía, la persona que con tanta facilidad había tomado las riendas de la vida de Leela en la ciudad. La nueva tía Seema se retorció las manos y se lamentó:

—¿Qué diría tu madre si supiera que te dejo marchar sola con una desconocida?

¿De verdad creía que su madre la habría considerado responsable de ello? Esta idea suscitó una sonrisa en Leela. El rostro de la tía estaba ensombrecido por los peores presagios mientras pedía a Leela que reconsiderara su decisión. Interrumpir su peregrinación de esa manera, sin una razón de peso, provocaría la ira de Shiva. Cuando Leela replicó que los incidentes de su vida seguramente no interesarían a una deidad, su tía la sujetó por los hombros con manos temblorosas.

—¡Cállate! —exclamó completamente trastornada—. ¡No sabes lo que estás diciendo! Esa ave de mal agüero te ha embrujado.

Cuántas capas insospechadas componen al ser humano, pieles que se desprenden ante cualquier tirón, revelando la carne palpitante de temor. Era sorprendente que la gente pudiera amarse a pesar de tanta inseguridad. Al pensar en ello, Leela se siente triste y esperanzada a la vez.

Mientras camina ladera abajo, Leela ha construido una fantasía. Imagina que se ha instalado en un pequeño ático en las afueras de Calcuta. La señora Das, a la que ha rescatado de la residencia de mujeres, vive con ella. Tienen una criada que se ocupa de la compra y los recados, de forma que ellas apenas salen del apartamento. Al caer la tarde se sientan en la terraza junto a las macetas de rosas y crisantemos (la señora Das se ha revelado como una hábil jardinera) y escuchan música: una cinta de canciones populares bengalíes (la señora Das parece el tipo de persona capaz de apreciar ese género), o tal vez uno de los cedés de jazz de Leela que la señora Das escucha con perpleja atención. Cuando se dan las buenas noches, la anciana toca el brazo de Leela.

—Gracias —dice, con una mirada tan profunda como un bosque.

Han llegado a la orilla de un río. No lleva mucha agua, pero las piedras sobre las que caminan están cubiertas de una resbaladiza capa de musgo. Empieza a llover, y el guía observa el cielo con nerviosismo. Tira de la mula, reacia a avanzar, y el animal da un traspiés. La señora Das lanza un grito ronco, como de cuervo, y tiende una mano. Leela la toma y la retiene hasta que llegan a la otra orilla.

—Gracias —dice la señora Das.

Es la primera vez que sonríe, y Leela advierte que su mirada es, en efecto, profunda como un bosque.

—¡Pero señora! —grita a Leela el propietario del hotel Nataraja en un inglés entrecortado a causa del agobio—. ¡No les esperábamos hasta dentro de dos días! Ya he asignado sus habitaciones a otro grupo de peregrinos. Estamos en plena temporada de peregrinaje y no hay ni una cama libre en ningún hotel de por aquí. —Dirige a Leela y la señora Das, temblorosas bajo sus ropas mojadas, una mirada acusadora—. ¿Por qué han regresado tan pronto ustedes dos?

El guía, que ha traído las mantas y sacos, comenta algo en un rápido dialecto *pahari* que Leela no alcanza a comprender. El recepcionista se retrae con un movimiento brusco, como una tortuga, y dirige a la señora Das una mirada cargada de recelo.

—Por favor —insiste Leela—. Estamos rendidas, y encima llueve. ¿No puede buscarnos algo?

—Lo siento, señoras. Quizás en el Mughal Gardens de la plaza del mercado quede algo...

Leela siente la plácida mirada de la señora Das posada en ella. Es evidente que confía en que la joven sabrá resolver la situación.

Leela suspira. Ser una salvadora en la vida real implica inconvenientes que no había imaginado en su fantasía del ático. Recordando algo que ha comentado poco antes la tía Seema, hunde los dedos en el cinturón de su sari y saca un puñado de billetes que deposita en el mostrador.

El recepcionista se echa atrás apoyado en los talones, escindido entre la avaricia y la superstición. Luego tiende la mano como un resorte y atrapa los billetes.

—Bueno, en la buhardilla tenemos una habitación muy pequeña que utilizamos de almacén, pero sólo cabe una persona. —Esboza una sonrisa que pretende ser ingenua—. ¿Y si la señora mayor probara en el Mughal Gardens?

Leela dedica al recepcionista una mirada de reprobación.

—Nos las arreglaremos —afirma.

El recepcionista no ha exagerado. La habitación, atestada de muebles viejos, tiene más o menos las dimensiones de la cama de matrimonio de Leela en Estados Unidos. Aunque el chico de la limpieza saca todos los trastos al pasillo, sigue sin haber suficiente espacio para extender por completo los dos sacos de dormir. Leela trata de disimular su desaliento. Entonces repara en un detalle: desde que llegó a la India, no ha estado sola ni una vez. Con un repentino ataque de nostalgia, echa de menos su amplio dormitorio, las limpias paredes de color vainilla, la ventana desde la que nunca ha contemplado nada más digno de atención que un arriate de geranios.

—Le he causado muchas complicaciones. —La voz de la señora Das suena débil, pero en ella no se advierte ningún tono de disculpa. (Leela lo prefiere así)—. No debió acompañarme —añade con realismo—. ¿Y si la gente tiene razón y resulta que atraigo la mala suerte?

—¿Usted cree eso? —pregunta Leela.

Después se esfuerza por escuchar la respuesta de la señora Das, medio acallada por un trueno.

—Creer, no creer... —La señora Das se encoge de hombros—. Son tantas las cosas en las que yo creía, y que luego han resultado tan distintas... Creía que el matrimonio de mi hijo no cambiaría nuestra relación. Creía que llegaría al santuario de Shiva y que todos mis problemas se esfumarían. Anoche en la montaña creí que lo mejor era caer en un barranco y morir. —Sonríe con imprevista dulzura antes de añadir—: Pero ahora... aquí estamos, las dos juntas.

Juntas. Cuando la señora Das lo dice en bengalí, *eksangay*, la palabra resuena en el interior de Leela con un quedo tintineo, como la campana de un templo lejano.

—Quiero regalarte una cosa —dice la señora Das.

—No, no —contesta Leela, turbada—. Por favor, no se moleste.

—Aquel que da debe estar dispuesto a recibir —sentencia la señora Das.

¿Se trata de un antiguo proverbio hindú, o acaba de inventárselo? ¿Y qué significa exactamente? En ese caso, ¿el hecho de dar constituye un privilegio a cambio del cual hay que conceder a los demás la oportunidad de hacer lo mismo? La señora Das desabrocha una fina cadenita de oro que lleva puesta. Luego se inclina y Leela siente el contacto de sus dedos en la nuca. Desea protestar, explicar a la señora Das que siempre ha detestado las joyas, la sensación opresiva del metal, pero se encuentra atrapada en una red de pensamientos contradictorios. ¿Es el dar la piedra de toque mediante la cual las vidas de los desconocidos se integran en la existencia propia? La señora Das asume una expresión reservada y devota. La cadena, que la piel ha calentado, rodea, casi ingrávida, el cuello de Leela.

La señora Das apaga la bombilla que cuelga desnuda en el extremo de un cable. Las dos se acuestan, cada una sobre su manta, y escuchan el viento, que azota los postigos como una loca que exigiera entrar.

Leela hace votos por que la tía Seema esté bien, por que la tormenta no se haya desatado en la montaña con la misma violencia que en Pahelgaon. En cualquier caso, el mundo exterior a ese abarrotado cuartucho se ha replegado tan lejos que la joven es incapaz de sentir ansiedad. La lluvia cae a su alrededor, apaciguadora como una canción de cuna. Si tendiera el brazo, tocaría la cara de la señora Das.

—Una vez intenté suicidarme.

La señora Das guarda silencio. Quizás esté dormida.

Leela empieza a hablar de las pastillas, de la ambulancia, del espacio vacío que se formó en su interior. ¿O acaso había existido siempre y no había reparado en él? Habla de sus padres, de su insoportable cortesía, que sólo en ese momento percibe como insoportable. Plantea preguntas sobre qué es la soledad, qué es la compañía y el valor de ambos estados. Envía sus palabras a la noche, sin necesidad de respuesta.

Jamás había hablado tanto en toda su vida. En mitad de una frase, cae dormida.

Leela está soñando. En el sueño, los senderos glaciales han sido barridos por la lluvia. Da un paso en falso y se hunde en el fango. Siente la presión del hielo en la mejilla. Abre la boca para pedir ayuda, y también se le llena de hielo. Con un estruendoso crujido, la negrura se abate sobre ella, una brillante y brutal ausencia de luz. Entonces comprende que su mala estrella por fin la ha alcanzado.

Leela despierta con el corazón dolorido, encogido como un puño artrítico. Qué real era el sueño. Aún nota el gélido peso en el pecho, oye el retumbo del cielo. Pero no, no es sólo un sueño. Su manta está completamente empapada y el suelo bañado de agua. Busca el interruptor y a la tenue luz de la bombilla ve una esquina del tejado que cuelga bamboleándose como un borracho. A pesar de todo ello, la señora Das sigue dormida, tapada con las mantas hasta la cabeza. A Leela la asalta el insensato deseo de acostarse a su lado.

—¡Deprisa, deprisa! —grita, zarandeándola—. Hemos de salir de aquí antes de que se derrumbe el techo.

La señora Das no parece comprender lo que Leela le pide. Otra ráfaga de viento azota el tejado, que produce un ominoso chasquido. Abre mucho los ojos, pero permanece inmóvil.

—Vamos —la increpa Leela.

Luego comienza a arrastrarla hacia la puerta. La señora Das no ofrece resistencia, pero tampoco colabora. Mucho tiempo atrás, Leela había seguido un curso de primeros auxilios, ya ha olvidado por qué motivo. El cuerpo de la señora Das, flácido y desmadejado, le recuerda el del muñeco cuyo pecho había presionado con aplicada energía. La idea la deprime, y ese abatimiento es la última emoción de que tiene conciencia antes de que algo le golpee la cabeza.

Leela yace en un colchón plagado de bultos. Aun con los ojos cerrados, sabe que la ropa que lleva puesta —una blusa holgada y un sari de algodón— no es suya. Le abruma la sensación de tener la cabeza llena de virutas de metal. ¿Se encuentra en el cielo, después de una muerte heroica? Sin embargo, ¿las camas celestiales no deberían ser más cómodas y la vestimenta más elegante... también en la India? Se avergüenza de haber pensado la última parte de la frase. Mueve un poco la cabeza. La punzada de dolor estalla como un relámpago.

—Doctor, doctor. Se está despertando. —La voz de la tía Seema evoca la humedad y la blancura de una galleta sumergida en una taza de té.

¿Pero por qué asaltan a Leela ese tipo de pensamientos? Sabe que debería agradecer la afectuosa inquietud de su tía y decir algo para tranquilizarla. No obstante, resulta tan acogedor e íntimo el espacio que hay detrás de sus ojos cerrados...

—Por fin —exclama el médico—. Ya empezaba a preocuparme.

Leela percibe el olor de su aliento... es tabaco, una marca de cigarrillo que no conoce. Huele a clavo. Cuando haya olvidado todo lo demás, piensa, los olores de ese viaje permanecerán en su memoria.

—¿Me oye, Leela? —pregunta el médico—. ¿Puede abrir los ojos? —Le da palmaditas en la mejilla con enloquecedora insistencia hasta que ella se decide a mirarlo con enojo—. Es usted afortunada, joven —añade mientras le cambia la venda de la cabeza—. Ha tenido suerte de que le cayera un trozo de madera, porque si llega a ser una chapa de metal oxidado...

«Afortunada. Suerte.» Leela desconfía de estas palabras, que al irrumpir en su cerebro, afiladas como garras, cambian de significado. La habitación está llena de mujeres, que se retuercen las manos con gestos idénticos a los de la tía. Vuelve a cerrar los ojos. Hay una pregunta que debe formular, una pregunta importante... pero cuando intenta atraparla en una red de palabras, se disuelve en una neblina roja.

—Ha sido todo por mi culpa —se lamenta la tía Seema, cuya voz rota desconcierta a Leela. ¿Por qué debería sentirse tan angustiada por unos problemas que, al fin y al cabo, son sólo suyos?—. Leela no entiende estas cosas... ¿cómo iba a entenderlas?... pero yo debí obligarla a mantenerse alejada de esa mujer maldita...

—Procuren permanecer en silencio. —La voz del médico se alza malhumorada, como si hubiera escuchado ya muchas veces esa misma queja—. Lo que necesita es tomar el medicamento y descansar.

Alguien levanta la cabeza de Leela y le acerca una taza a los labios. El medicamento es viscoso y repugnante. Se obliga a tragarlo con ruda satisfacción. La tía solloza en voz baja, obedeciendo las órdenes del médico. Sus amigas murmuran expresiones de consuelo. De vez en cuando, le llegan frases como un estribillo de su salmodia: «La pobre chica», «Shiva tenga piedad», «Esa mujer de mal agüero», «Ay, qué le voy a decir a su madre».

Se produce un alboroto ante la puerta.

—Tengo que verla un momento, sólo quiero asegurarme de que se encuentra bien...

Leela siente que algo se agita en su pecho.

—No —contesta una de las mujeres—. El doctor ha dicho que nada de sobresaltos.

—Por favor, no le hablaré... Sólo he de verla un momento.

—Por encima de mi cadáver —espeta la tía Seema—. ¿No le ha hecho ya bastante daño? Márchese. Leela, díselo tú misma.

Leela no quiere decir nada a nadie. Solamente desea dormir. ¿Acaso es pedir demasiado? Un verso acude a su memoria: «La segunda identidad de la muerte que aísla de todo el resto.» La imagina en forma de grandes retazos de telas acolchadas, rodeándola apretadamente. Sigue llegándole, sin embargo, el sonido de las voces: «Leela, Leela, Leela.»

La habitación está llena de crepúsculo. Leela ve a la señora Das en la puerta, tratando de superar la barrera formada por el voluminoso cuerpo de la mujer del médico. Los desgreñados cabellos de la anciana irradian de su cabeza como blancos alambres ondulados, lo que le confiere, por un instante, el aspecto de un alienígena de *La guerra de las galaxias*. Cuando ve que Leela tiene los ojos abiertos, deja de forcejear y tiende la mano hacia ella.

¿A qué se debe el comportamiento que Leela muestra a continuación? ¿Es a causa de la medicación, que le provoca delirio? ¿O se trata de alguna oscura tendencia genética que, insidiosamente, ha hundido su afilada y nudosa raíz en la pragmática educación americana? Algunas veces, más adelante, se dirá a sí misma: «No sabía lo que hacía.» Otras, dirá: «Mentirosa.» Porque ¿no surge su reacción ante la señora Das de las más esenciales y temerosas profundidades de su mismo ser? ¿De la parte de sí misma que sabe que ella no es ninguna salvadora?

—Mi tía tiene razón —declara, incorporándose en la cama. Los dientes le castañetean, como si padeciera fiebre—. Todos tienen razón. Usted está maldita. Váyase. Déjeme en paz.

—No —replica la señora Das. No obstante, su voz carece de convicción.

—¡Sí! —insiste Leela—. ¡Sí!

Luego agarra la cadena que le regaló la señora Das y tira de ella. El gastado oro cede con facilidad y al caer produce un leve tintineo.

La oscuridad se abre con violencia en torno a Leela como un crisantemo negro.

La señora Das contempla fijamente la cadena; después

da media vuelta y se aleja con paso vacilante. Su sombra, larga y deforme, se cierne una vez sobre Leela. Luego también desaparece.

El grupo de peregrinos trata con gran amabilidad a Leela mientras la joven permanece en cama recuperándose. Las mujeres le llevan regalitos que han comprado en sus expediciones a los pueblos: un bolso bordado, un racimo de uvas de Cachemira, un joyero lacado. Cuando se los ofrecen, Leela hunde las manos bajo la manta. Ellas reaccionan, sin embargo, con comprensivos gestos de asentimiento y murmuran expresiones como «conmoción» y «todo lo que ha soportado». Entonces entregan los presentes a la tía, quien promete guardarlos hasta que Leela se restablezca. Cuando se marchan, se siente como una niña mimada.

Desde la puerta, los hombres preguntan a la tía Seema cómo se encuentra Leela. Hablan con voz ronca y baja, y le dirigen una furtiva mirada de admiración... como si ella fuera una santa mártir que asumió la mala suerte que de otro modo se habría abatido sobre ellos. ¿Será una cínica por pensar eso? Ya no hay nadie a quien pueda preguntárselo.

En el trayecto de regreso a Srinagar, donde el grupo ha de tomar el tren hacia Calcuta, a Leela le reservan por tácito y unánime acuerdo el mejor asiento del autobús, delante, cerca de las grandes ventanas dobles.

—Tiene buena vista y no le molestará tanto el traqueteo —comenta una de las mujeres mientras le ahueca una almohada.

Otra le acerca un escabel. La tía Seema destapa un termo y le sirve un vaso de zumo de granada... para reponer toda la sangre que Leela ha perdido, según explica.

El zumo, precisamente del color de la sangre, tiene una ligera acidez que hace fruncir los labios a Leela.

—Ay, querida, ¿no está dulce? —exclama la tía, decepcionada—. Ese *bahadur* del hotel me aseguró que...

Leela advierte que se está comportando de forma desconsiderada y desagradable, y le enoja sentirse así.

—Me duele la cabeza —dice.

Después se vuelve hacia la ventana y, protegida por las gafas de sol, observa al resto del grupo, que va subiendo al autobús. Entre gritos y risas, el vehículo se pone en marcha. La joven espera a que emprenda camino entre las cerradas curvas antes de hablar.

—¿Tía...? —dice. Procura adoptar un tono despreocupado, pero las palabras surgen como un graznido.

—¿Sí, querida? ¿Un poco más de zumo? —inquiere, esperanzada, la tía.

—¿Dónde está la señora Das? ¿Por qué no ha subido al autobús?

La tía toquetea la cerradura de su bolso con una expresión que delata su incomodidad por lo directo de las preguntas de Leela. Una persona hindú habría sabido abordar la cuestión con delicadeza, introduciendo el tema de soslayo.

No obstante, la esposa del médico, que va detrás de ellas, se inclina para contestar.

—¡Puf, esa mujer! Se marchó por su cuenta. ¿Cuándo fue? Hará tres o cuatro noches, justo después de ir a molestarte a tu habitación. No se llevó la manta, ni siquiera la maleta. Qué extraño, ¿no? Personalmente, creo que está un poco chiflada. —Se toca la cabeza en un gesto enfático.

Leela siente que el dolor la recorre por entero con acidez corrosiva. Con gran esfuerzo se cubre la boca con la mano para impedir que se derrame.

—¿Te encuentras bien? —La tía se inquieta.

—Está muy pálida —observa la esposa del médico—.

Son todas estas curvas... Bastarían para marear a cualquiera.

—Me parece que tengo unas pastillas de limón —dice la tía, revolviendo en su bolso.

Leela acepta el ácido caramelo y contempla de nuevo el paisaje. A sus espaldas oye el susurro de la mujer del médico:

—Yo que usted, mandaría celebrar un *puja* para su sobrina en cuanto lleguen a Calcuta. Ya sabe, para espantar el mal de ojo...

Las montañas y las cascadas desfilan a toda velocidad ante Leela. El sol se desliza desde las estrechas hojas de los árboles *debdaru* para perderse en la maleza. ¿Qué había dicho el guía, al comienzo del viaje, a propósito de la expiación? Leela no logra recordarlo. Y aunque lo recordara, ¿sería capaz de ejecutar esos gestos, delicados y cargados de poder, tan similares a los movimientos de una bailarina de Baratnatyam, que vinculan a los humanos con los dioses y entre sí? En Estados Unidos, su vida la reclama, intacta, insensible, con un olor parecido al barniz de suelos. En la polvorienta ventana, su reflejo es un óvalo vacío. Aunque se quita las gafas de sol, las facciones del rostro que le devuelve la mirada le resultan desconocidas, como si pertenecieran a una persona que no ha visto jamás.

El amor de un buen hombre

Siendo yo jovencita, cuando vivía en Calcuta, mi madre solía repetir un dicho por el que sentía especial predilección: «El amor de un buen hombre puede salvarte la vida.»

No se trata de un sentimiento exclusivamente indio. Aquí, en San José, California, he oído decir lo mismo a más de una mujer, incluso a mujeres a las que admiro. De todas formas, siempre que lo he oído, a la voz de la persona concreta se superponía el culto acento bengalí de mi madre. Entonces me hallaba de nuevo junto a ella en una de las ceremonias de compromiso que se celebraban con pavorosa frecuencia en nuestra extensísima familia, aunque después de la partida de mi padre no asistíamos a tantas como antes. Me sentía muy incómoda cuando veía que se secaba delicadamente los ojos con su pañuelo de encaje blanco antes de pronunciar esas palabras. Yo era una adolescente, propensa a avergonzarme por cualquier cosa, y si se hallaban presentes personas cuya opinión valoraba —las atractivas primas que vivían en Hungerford o en Park Street y se maquillaban a la europea, o amigas del colegio con hermanos mayores que sabían las últimas canciones de los Beatles—, mi vergüenza se transformaba en rabia. «Y tú qué sabrás», me daban ganas de gritarle a la cara, que conservaba su aristocrática y resignada hermosura curiosamente intacta.

Nunca me dejé llevar por ese impulso.

Donde yo me crié, nadie le hablaba a su madre de esa

forma, ni siquiera aunque hubiese perdido lo más importante de su vida y hubiese arruinado con ello la propia. A pesar de que mi madre y yo conversábamos sobre muchos temas —mis profesores del colegio, una nueva película, el precio del pescado— en muy raras ocasiones expresábamos nuestros auténticos pensamientos. Enterrábamos las heridas en lo más profundo, como si fueran metralla. Habíamos recibido un buen entrenamiento por parte de generaciones de abuelas y tías viudas cuyos silencios saturaban el aire de la desvencijada mansión ancestral donde seguíamos viviendo, aunque resultaba demasiado grande para nosotras dos.

Existía otro factor. Yo quería a mi madre, por más que en aquellos tiempos nunca lo habría admitido. Aun cuando me prometía a mí misma que nunca sería como ella y que no dejaría mi felicidad al albur de los caprichos de un hombre, procuraba protegerla de cualquier daño.

Al creer que, en efecto, sería capaz de tal cosa, me mostraba digna hija de mi madre: sentimental, terca, insensata. Ella misma me demostró mi extrema insensatez escapándose de mis manos para caer en brazos de la muerte.

Lo hizo tal como tenía por costumbre (al menos en lo que no guardaba relación con mi padre): con donaire, fácilmente; del mismo modo que el nadador que se lanza a una piscina de agua tibia. Daba la impresión de no sentir el menor dolor.

Tras la muerte de mi madre, durante más de un año no soportaba que mencionaran su nombre. No obstante, un día me sorprendí recordándola sin que se me agolpara la sangre en la cabeza. Pensaba en ese dicho que tanto le gustaba y en que, paradójicamente, con su muerte había demostrado su corolario: la pérdida del amor, aunque no sea el de un buen hombre, puede matarte. Eso es lo que había hecho, ese cáncer que entretejió sus insidiosos tentáculos por sus pulmones y que ella había logrado mantener en secreto casi hasta el final. Tal como me informó con renuencia el doctor Biswas cuando fui a verlo ya fallecida mi madre, el cáncer se había iniciado dos años atrás. Exactamente cuando mi padre la había abandonado —a ella y también a mí— para emprender una nueva vida en América.

Mamá decía: «Las estrellas son los ojos de los muertos.»
A veces pienso en ello cuando, después de acostar a Bijoy en su cuna, Dilip y yo salimos al porche. Nos apoyamos en la barandilla con el placentero agotamiento que comparten los amantes y los padres de niños pequeños. Siento el brazo de Dilip junto al mío, fresco y suave como la madera de eucalipto. Los aspersores se ponen en marcha; oímos el silbido de los invisibles arcos de rocío que suben y bajan, desplazándose con un ritmo predeterminado por el jardín. Su piel huele a tierra mojada. Si de verdad estuviera mirándonos, mi madre se alegraría al comprobar que con los años he llegado a aceptar buena parte de sus enseñanzas. Ese proverbio, por ejemplo, sobre el amor de un buen hombre.

Supongo que eso debo agradecérselo a Dilip.

Cuando lo conocí en la universidad, yo ya había decidido que nunca me casaría. Pasarlo bien, sí. Aventuras, también. Ya había vivido unas cuantas. No obstante, siempre advertía a los hombres con quienes salía que yo tendría el control y decidiría cuándo se terminaría la relación. Si me preguntaban por qué, me encogía de hombros. A veces, al igual que se presiona un hueso roto para comprobar si se está soldando, les refería por encima el abandono de mi padre. De mi madre no hablaba. Observaba ese ligero cambio en su mirada que delataba la compasión... o un nuevo y repentino deseo, y sonreía como lo haría un turista, sólo de paso.

Dilip reaccionó de otro modo.

—Monisha, ¿por qué han de afectarnos los actos de tu padre?

Estábamos de pie bajo la luz anaranjada de una farola, delante del edificio de mi casa. Lo miré a los ojos y, viendo su perplejidad, sentí que quizás estuviera en lo cierto. Quizá la felicidad, a la que había renunciado, fuera una posibilidad aún no perfilada en un mapa, una aguerrida geografía digna del largo esfuerzo explorador.

No todos los dichos de mamá me parecían erróneos. Éste es uno que ya intuía acertado mucho antes de que la vida así me lo demostrase: «En el más azul de los cielos surge el relámpago.»

Por eso no me extraña que una mañana, mientras le doy de comer a Bijoy en nuestra apacible cocina de California, Dilip cubra el auricular con una mano y anuncie:

—Es tu padre.

Lo que sí me toma por sorpresa es el odio, que aflora de una parte de mí cuya existencia ignoraba. Desde que nos dejó, sólo he recibido noticias de mi padre en una ocasión, en una carta que llegó hace cinco años, cuando estaba a punto de casarme. Nunca descubrí cómo averiguó la dirección del piso que compartía con otras dos estudiantes. Supongo que en Estados Unidos, teniendo dinero, siempre existe una forma. Quería asistir a mi boda. Le contesté con una educada y contundente negativa. El sofisticado tono que empleé en la respuesta me convenció de que había superado la rabia de mi adolescencia.

No obstante, la mano me tiembla tanto que me veo obligada a dejar la cuchara en el plato.

—Monisha, quiere conocer a su nieto —prosigue Dilip— y celebrar su primer cumpleaños.

—No —respondo.

Después me tapo las orejas con las manos, pegajosas de papilla, para no tener que oír nada más. Pese a mis esfuerzos, sigo oyéndolo todo, por supuesto.

—Ya le llamaré yo más tarde, señor —oigo decir a Dilip, tan correcto como siempre.

—No, no, no —grito.

—No pasa nada, Mona —me consuela Dilip—. Tranquila, no pasa nada. —Me toma de las manos.

Permanezco sentada en la cocina, con la cara manchada de papilla medio seca, aferrando las manos de mi marido en la esperanza de que él me salve. Lloro como no lo he hecho desde ese día en el crematorio de Nimtola, cuando vi arder el cadáver de mi madre.

Sin embargo, no lloro por ella, sino porque durante todo ese tiempo creía haber superado la vergüenza... sólo para que mi padre me demuestre, con una simple llamada de teléfono, que me hallaba en un error.

Es mi momento preferido, justo después de hacer el amor, cuando la oscuridad, una corona de pétalos, rodea nuestro lecho. Nuestros alientos se confunden; los miembros sudorosos han caído a su antojo, sin traba, como si formáramos un solo cuerpo.

—Es un viejo —dice entonces Dilip.

Percibo cierto regusto a herrumbre y enfermedad.

Me obligo a trazar pequeños círculos sobre su pecho con las yemas de los dedos. Tal vez si finjo que no lo he oído quepa la posibilidad de preservar el instante, por lo menos un poco.

—Mona, escúchame —insiste Dilip—. Bijoy es su único nieto y es comprensible que quiera verlo antes de morir.

Aparto con brusquedad la mano y tiro de la sábana para cubrirme.

—Ya sé que lo culpas por todo lo que tuviste que pasar después de que él se fuera. Y estás en tu derecho de...

«No sabes cuánto —deseo gritar. La sábana es gruesa e ineludible, como un envoltorio de hielo—. No sabes cuánto. El muy cerdo mató a mi madre.» Es algo que nunca he expresado en voz alta, ni ante mí misma, y mucho menos ante Dilip, que no sabe nada de mi madre salvo que está muerta.

—¿Por qué no lo olvidas? —continúa Dilip.

«Claro, para ti es muy fácil», pienso mientras observo a mi marido. Su rostro, tan serio y tan sano, demuestra sin lugar a dudas que en su vida nunca ha experimentado nada que le lleve a comprender la vergüenza. Aunque quizá sólo las mujeres son capaces de captar el peso de ese sentimiento.

De pronto me asalta el deseo de herir a Dilip para que conozca esa asfixiante opresión en los pulmones, como ceniza inhalada.

—Al fin y al cabo, eso ocurrió hace mucho tiempo, en otro país...

La opresión estalla y el aire queda saturado de ceniza. Tardo un momento en advertir que soy yo quien ríe.

—Mona, Mona. —Dilip intenta abrazarme—. Cálmate, por favor.

—«Y además —musito, apartándome de él—, la fulana está muerta.»

Mi marido, cuya formación es científica, me observa desconcertado.

—Shakespeare —aclaro—. *A vuestro gusto*. Añádelo a tu lista de lecturas pendientes.

Después tomo la almohada y me dirijo a la habitación de invitados.

Otro proverbio interesante: «La rabia es el gran destructor.» Durante el último año, cuando ella sabía que se estaba muriendo, y yo lo ignoraba, mamá tenía motivos para repetirme este dicho con frecuencia. Creo que lo leyó en algún texto sagrado. En esa época eran los únicos libros que leía.

Tal vez tuviera razón en lo de la rabia, no lo niego. Tampoco niego que cuando se marchó mi padre, me convertí en una persona insoportable. Era como esos cactus que crecen en las grietas de los edificios en ruinas, aunque mis espinas apuntaban hacia el interior, con un constante aguijoneo. Zahería a cuantos me rodeaban a la menor oportunidad: era el único sistema que conocía de consumir el dolor.

Tal vez la rabia sea el gran destructor, de acuerdo. No obstante, para mí era una tabla de salvación.

Si mamá hubiera tenido más rabia, una voz que martilleara en la médula de sus huesos en las noches de insomnio, «Hijo de puta, no pienso permitir que me arruines la vida», tal vez seguiría a mi lado.

Tras la muerte de mamá, la rabia fue la droga que apaciguaba el golpeteo de la sangre en mi cabeza el tiempo suficiente para contestar a mis solícitos parientes que no pensaba irme a vivir con ninguno de ellos y que no me importaba lo que la gente pensase de una chica soltera que vive sola. Me afirmó el pulso cuando más tarde escribí en las solicitudes para la universidad que no tenía parientes en Estados Unidos, lo cual me daba derecho a un visado de estudiante. Me liberó de la necesidad de llorar cuando vendí las joyas de mi madre y todos sus saris de seda salvo uno para pagarme el viaje.

El sari que no vendí estaba raído y amarillento, orlado de la tradicional franja roja. Mamá se lo ponía todas las mañanas para rezar las oraciones. De pequeña yo me sentaba a su lado y jugaba con su rugosa tela mientras ella hacía sonar la campanilla de latón que tenía la forma de Hanuman, el dios mono. A veces acercaba la cara para percibir mejor sus aromas: incienso de sándalo y el acre olor de las caléndulas que mamá ofrecía a los dioses con la esperanza de conseguir la felicidad.

¿Debía pagar un precio por haber elegido la rabia?

Responderé con otra pregunta: ¿Acaso no tenemos todos que pagar, al margen de lo que elijamos?

—Tengo que telefonearle pronto —dice Dilip durante la cena.

Yo aparto el plato que aún no he terminado y cojo el vaso.

—Una vez conocí un hombre al que consideraba inteligente, sensible y afectuoso. Por eso me casé con él...

—Por favor, Mona. No te hagas la lista y la sarcástica conmigo. Piénsalo bien. Algún día podrías lamentarlo.

—Pensaba que ya habíamos dejado bien zanjado este asunto.

Noto la piel del rostro tensa, como si me la hubieran almidonado.

Temía que si pronunciaba una palabra más acabara resquebrajándose.

—¿Y Bijoy? ¿No se merece algo él, aunque sólo sea una foto para recordar a su abuelo...?

Sólo el dolor en la mano me indica la violencia con que he depositado el vaso. Los añicos forman aguzados dibujos sobre la mesa. El agua derramada me empapa la falda y noto su sorprendente frialdad. Me he hecho un pequeño corte en la palma de la mano del que mana una cantidad excesiva de sangre. Dilip se precipita consternado hacia mí. Dice algo, pero yo sólo escucho a mi madre: «Un cristal roto trae mala suerte.»

Mi madre era muy meticulosa con los enseres domésticos. Todos los vasos y copas estaban relucientes, incluso los que no usábamos, como la cristalería que papá había traído de un viaje de negocios que realizó por Europa mucho tiempo atrás. Una vez al mes sacaba las copas y las lavaba empleando agua con gas. Con un cepillo de dientes viejo eliminaba la mugre que se acumula sobre todas las superficies en Calcuta, deslizándolo con primor por los relieves y tallas. Cuando la observaba haciendo girar una copa con sus manos elegantes y diestras, sabía que la mantendría a buen recaudo, protegida para siempre de cualquier accidente. A mí me dispensaba el mismo trato.

—No me hables a mí de recuerdos —repliqué.

Dilip barre los fragmentos de vidrio y me venda la mano. Le da a Bijoy el biberón de la noche. Dice, Escucha, lo siento mucho, no volveré a mencionar el tema. Dice, Vamos a la cama, Mona, por lo menos intenta dormir. Dice, Háblame, por favor, ¿cómo quieres que te comprenda si no me hablas?

Esto es lo que yo no le digo:

Cuando comprendió que papá no regresaría, mi madre se dirigió a la vitrina de la vajilla. Sacó una copa de cristal y la sopesó con aire pensativo. Detrás de ella yo contuve el aliento, temiendo y deseando a la vez el ruido, los añicos desperdigándose en un violento estallido de diamante. Sin embargo, al cabo de un rato llamó a la criada y le indicó que envolviera con cuidado cada pieza y embalara la cristalería en una caja. Al día siguiente la enviaría al orfanato de Loreto, donde las monjas organizaban una subasta todos los años.

—Y no se te ocurra usar papel de periódico —advirtió mi madre—. La tinta deja manchas.

Permanezco en silencio en el pasillo, observando a Dilip y Bijoy, que juegan al cocodrilo.

Así se desarrolla el juego: Dilip se acuesta boca abajo

en la alfombra y Bijoy se monta sobre su espalda. Luego Dilip sacude el cuerpo y Bijoy cae rodando y riendo a carcajadas, mientras en el rostro de Dilip se instala una enorme sonrisa bobalicona. Ya lo han repetido una veintena de veces y no dan muestras de cansancio.

Al contemplarlos, creo entender por qué mi complaciente marido ha insistido tanto en que mi padre nos visite. En realidad no guarda relación con él, sino con la idea de la paternidad, de lo que significa para él.

Cuando hay un momento de calma le anuncio mi decisión.

—Puede venir la semana después del cumpleaños de Bijoy. Que se quede una noche.

Dilip se incorpora rápidamente, llevado por la perplejidad. Bijoy pierde el equilibrio, se golpea la cabeza y se pone a llorar. Yo lo tomo en brazos y le doy un beso.

—¿Estás segura? —pregunta Dilip—. Tal vez sea mejor que no...

—La cena está lista —lo interrumpo. A Bijoy, que sigue llorando, le doy otro beso—. Todo el mundo se cae alguna vez —le digo—. Es normal hacerse daño. Así son las cosas.

¿Por qué cambié de opinión?

Podría responder que lo hice por Dilip, pero sospecho que no se debió sólo a eso. ¿Sería que el hecho de ver a mi marido y a mi hijo jugando me recordó una época en que mi padre y yo también nos divertíamos juntos? Un tiempo en que él me llevaba a cuestas por la galería, sacudiendo la cabeza y soltando inverosímiles relinchos de caballo. Un tiempo en que me hacía girar en medio del radiante frescor de un jardín mientras los verdes y los amarillos se entremezclaban en un raudal dorado.

No. No conservo ningún recuerdo de infancia de mi padre. Ignoro si se debe a que nunca estaba presente, aunque también es posible que, con una cierta severidad inconsciente, yo lo ahuyentara de mi memoria.

Quizá mi primer error consista en tratar de encontrar motivos, en considerar que las personas son seres racionales cuyos actos obedecen a causas lógicas.

Durante años me torturé intentando descubrir la verdadera razón de la marcha de mi padre. Se había cansado de la claustrofóbica monotonía de la vida en una casa construida por su bisabuelo, suponía. Había sucumbido al rutilante embrujo de cristal y acero que irradiaba América. Había descubierto que ya no quería a su mujer... que nunca la había querido. Ni tampoco a su hija.

Ahora creo que debió de ser algo más simple. (Aunque quizá sea otra palabra la que busco: «fortuito», o «misterioso».) Es posible que, si se lo preguntara, mi padre fuera incapaz de responder, por más que quisiera. De igual modo que no sabría decir por qué actúo contra todos mis instintos abriéndole las puertas de mi vida.

He decidido que no me tomaré ninguna molestia para preparar la visita de mi padre. Quiero que advierta que no me importa. Por eso cuando esa tarde suena el timbre, la sala de estar se encuentra en desorden, con la alfombra cubierta de libros de bebé y aros de dentición, y el cristal de la ventana aparece marcado con pegajosas huellas de manitas justo allí donde le da de pleno la luz.

Demasiado tarde comprendo que lo he hecho todo mal. Debería haber cubierto la mesa con *batiks* de diseño. Debería haber engalanado a Bijoy con su *kurta* bordada del cumpleaños. Debería haberme arreglado con el maquillaje más evidente y los zapatos de tacón más alto, para obligar a mi padre a mirarme desde abajo, asombrado y mortificado por la hija que logró dirigir con éxito su vida a pesar de él.

Pero ya Dilip acciona la cerradura. Conteniendo la respiración, estrecho a Bijoy entre mis brazos. «Mi talismán.» En el mismo instante en que formulo ese pensamiento, una terrible objetividad se apodera de mí. Por primera vez veo a mi hijo como lo haría un desconocido: un niño delgado de piel oscura, bastante anodino, con un resto de ketchup de la comida ensuciándole la barbilla.

Angustiada, beso a Bijoy varias veces. Eres el mejor niño del mundo, susurro a modo de ardiente disculpa. De todas formas, en la boca me queda un tenue regusto amargo, como de agua de mar.

Tal vez todos los padres sufran esa traición de la visión. Sin embargo, yo le echo la culpa a mi padre de lo que me ocurrió.

Más tarde trataré de recordar qué sensación experimenté en el momento en que la puerta se abrió, inundando la habitación de aroma a jazmín, y quedé frente a frente con mi padre.

Una precisión a propósito del jazmín: en Bengala, se considera una flor sensual, la predilecta en las bodas. En las veladas de verano, tras el calor irrespirable del día, las mujeres se sientan en las frescas terrazas recién lavadas con agua y se lo trenzan en el pelo. Mamá lo hacía a veces, aunque abandonó la costumbre cuando papá se marchó y ya no encontró una razón para estar hermosa.

En los primeros tiempos de su matrimonio, mamá hizo plantar jazmines por todo el jardín. Incluso ese último año, cuando el resto del patio quedó invadido por las malas hierbas, bajaba para retirar las flores marchitas de sus ramas.

A su muerte, yo encargué guirnaldas de jazmín en cantidad suficiente para cubrir todo el lecho funerario. Mis parientes murmuraron escandalizados ante un gesto tan inadecuado y extravagante, sobre todo para una muchacha que ni siquiera tenía una dote.

Cuando estábamos pensando en comprar esta casa, le dije a Dilip que habría que eliminar las enredaderas de jazmín que cubrían el porche.

—¡Pero, Mona, si eso es lo que confiere este aire tan agradable a la casa!

—Habrá que quitarlas.

Por supuesto, era consciente de que me estaba comportando de forma petulante y testaruda. Sin embargo, Dilip debió de percibir algo distinto.

—Si para ti es tan importante —dijo—, las quitaremos.

Una vez, en una carta que escribí para Dilip pero que nunca llegué a entregarle, puse: Tú has sido el ancla de mi equilibrio mental.

En la pira de mi madre, como único familiar presente, tuve que aplicar la antorcha a su cadáver. Al quemarse, el jazmín desprendió un olor aceitoso y amargo.

El día después de que Dilip y yo nos mudáramos a la nueva casa, salí al jardín armada con unas tijeras de podar. Sin embargo, al tocar las hojas, tan verdes y relucientes, tan llenas de vitalidad, no fui capaz de hacerlo.

Me consuela pensar que mi madre se alegra de ello cuando contempla nuestro porche con su mirada prendida de una estrella.

Y aquí está mi padre, de pie ante mi puerta, diez años más tarde. Éste es el momento que he temido y anhelado, con el que tantas veces he fantaseado.

En mis ensueños mi padre conserva el aspecto del último día, elegante con su bigotito, vestido con un traje azul marino flamante, con la raya de los pantalones afilada como un cuchillo. Se dispone a subir al taxi que ha de conducirlo al aeropuerto. Mamá ha dado el día libre a Jari Charan, nuestro chófer, de manera que papá ha de tomar un taxi. (¿Acaso imaginaba que con ello impediría que mi padre se marchara?) Mi madre, que ha estado llorando y suplicando desde la mañana, permanece ahora en silencio en la galería de arriba. Mi padre mantiene con cautela la vista al frente. Tal vez en espíritu se haya ido ya. Aunque Air India le permite embarcar dos maletas grandes, sólo se lleva una pequeña; al parecer considera que no merece la pena recuperar gran cosa de su antigua vida.

Me estoy desviando del tema. Todo eso es pura realidad, no forma parte de mis fantasías.

En mi imaginación, mi padre me pregunta si puede pasar. Desde luego, respondo yo con una gentil sonrisa. Con una peligrosa sonrisa. Él no lo advierte. Cuando avanza un paso, yo cierro de un portazo —pam de la madera contra la carne, crac del hueso— y le doy en plena cara.

Sin embargo, ese padre, en tan inapropiado y hermoso día primaveral, me tiende una trampa. Qué viejo está, con esa calva reluciente y la piel que le cuelga en la cara de tal forma que, pese a mis esfuerzos, no encuentro ni rastro del hombre al que odiaba. Lo contemplo mientras se apoya en un bastón y me observa a través del grueso vidrio de unas gafas con la actitud ansiosa propia de los ancianos. Cuando pregunta si puede pasar, las palabras giran vertiginosas dentro de mi cabeza.

Después los acontecimientos se precipitan. Dilip aparece con dos enormes maletas. (¿Por qué? Se supone que mi padre sólo se quedará una noche.) Bijoy se baja de mis brazos y da un paso. El primero de su vida.

—¡Ha caminado! —exclama Dilip—. Ha caminado. ¿Lo habéis visto?

Mi padre suelta el bastón y se inclina para sujetar a Bijoy justo cuando el pequeño pierde el equilibrio.

—¡Qué niño tan listo y tan guapo! ¡Mira cómo recibe a su abuelo!

En su cara se instala una sonrisa abierta y persistente, como melaza, que incrementa mi sensación de que ése no es mi padre. Descubro que también yo sonrío ante el placer que inspira mi hijo en este anciano. Después se endereza y me dirige la palabra.

—Tú también eres muy guapa —comenta, casi sorprendido—. ¡Cómo te pareces a...!

Se muerde el labio, pero ya es demasiado tarde. Las palabras que no ha llegado a pronunciar se yerguen en acerada barrera entre ambos, como los vidrios rotos incrustados en la tapia de nuestra propiedad allá en la India para impedir el paso a los ladrones.

No he sido del todo sincera al afirmar que no había realizado ningún preparativo para la visita de mi padre. Había colocado un jarrón con jazmín en la mesita de noche de la habitación de invitados. También había planchado el sari de mi madre para lucirlo durante la cena.

Hemos acabado de cenar y me encuentro ante el fregadero, fingiendo que lavo los platos. Hago ruido con los cubiertos para crear una impresión de diligencia, aunque en realidad me dedico a estudiar a mi padre.

Durante la cena contempló el sari como si fuera la primera vez que lo veía y me felicitó por el curry de pollo. También alabó la habitación de invitados. ¿Será más resistente de lo que había imaginado? ¿O bien ha olvidado todo cuanto yo recuerdo? Esa posibilidad me llena de espanto.

En la sala de estar mi padre abre las maletas y saca juguetes. Pelotas relucientes, piezas de construcción, camiones de todos los tamaños, algunos de control remoto que presentan un turbador parecido con los cañones. No ha olvidado traer pilas: mi padre no quiere dejar nada al azar. Con aire triunfal, el anciano dirige el mando hacia una ambulancia roja y blanca, y el vehículo cobra vida con un aullido y destellos de luces.

Crispo los puños para no taparme las orejas con las manos. El ulular de la ambulancia es un agujero negro por el que caigo rodando hasta la tarde en que encontré a mi madre doblada de dolor en el sillón de la galería. Enseguida llamé una ambulancia. Por desgracia, ese día había una huelga en Calcuta. Los manifestantes desfilaban airados por nuestra calle, gritando consignas, con pancartas en las que exigían la dimisión de algún alto cargo cuyo nombre he olvidado. La ambulancia quedó atrapada entre el gentío. Desde la galería, yo veía el fútil palpitar de sus luces rojas, mientras el conductor se esforzaba por abrirse paso hasta la verja del jardín.

No obstante, Bijoy está entusiasmado con esa ambulancia. La toma, la abraza y lanza chillidos de regocijo al ver cómo giran las ruedas. Todo el mundo sonríe, incluso yo. Después me fijo en la ropa. Mi padre ha traído un guardarropa completo: pequeños conjuntos deportivos, pijamas y camisas de marinerito, pero también ropa de niño mayor, primorosas camisas del tipo que llevaría un párvulo en su primer día de clase, un equipo completo de béisbol con un guante, una americana blanca apropiada para un recital de piano en verano.

Entonces advierto que mi padre tiene miedo: teme que esa visita, la primera, sea también la última. La ropa representa la esperanza que ha despositado en su nieto. Supone que no le permitiré volver ni compartir con Bijoy alguna de las cosas que la vida promete.

Por un momento me veo con sus ojos: la hija que carga una montaña de resentimientos sobre sus espaldas, igual de vengativa que las hadas malas de los cuentos, y dotada del mismo poder. ¿Acaso no se halla en lo cierto, al menos en parte?

Esta idea me asalta con una sacudida tan violenta y

física que se me resbala el tazón que estaba fregando. El cristal se rompe con estrépito en el fregadero.

—¿Estás bien, Mona? —pregunta Dilip—. ¿Te has cortado otra vez?

Apenas lo oigo. Es la mirada de mi padre lo que capta toda mi atención, los ojos que se han abierto de forma casi imperceptible al oír la expresión «otra vez». Ante su escrutinio me retraigo; ya no soy un hada mala, sino la adolescente torpe de antaño, a la que dejó en casa porque no valía la pena reclamar su presencia. Murmuro una contestación cualquiera: estoy bien, voy a por los guantes para recoger los pedazos, y escapo por el pasillo.

Ese último día en Calcuta yo estaba en la galería junto a mi madre, lista para soltarle a mi padre un comentario convenientemente cáustico que había estado ensayando durante todo el día. Había decidido lanzárselo en voz muy alta cuando se volviera para despedirse con la mano, así lo humillaría de tal forma que se vería obligado a quedarse. Pero no se había vuelto.

Mientras se acercaba al taxi con aquella ridícula maleta tan pequeña, mi padre se mantenía encorvado, inclinado hacia delante con una terrible impaciencia. Me suscitó la imagen de un enfermo dado de alta de un hospital del que nunca imaginó salir con vida.

Cuando el taxi arrancó con un regüeldo de humo negro, mi madre exhaló un leve gemido. Fue un sonido horripilante, infrahumano. Sentí que tomaba forma en mi propia garganta, tal como le habría ocurrido a un lobo al ver aullar a otro.

Era mi deber de hija consolar a mi madre. Una parte de mí anhelaba hacerlo. Sin embargo, ¿qué decir a una mujer educada con sentencias del tipo: «El marido es Dios»? Una mujer a quien los mayores habían bendecido desde la infancia diciéndole: «Ojalá no enviudes nunca.» Una mujer que creía —al igual que yo, al menos en algún nivel de mi personalidad que me negaba a admitir— que por más trágica que fuera la viudedad, el abandono era aún peor.

—Por el amor del cielo —le dije a mi madre, con el tono más frío de que fui capaz—, un poco más de dignidad.

Luego di media vuelta y me marché.

No sé cuánto rato pasé en el cuarto de baño, contemplando los utensilios de higiene personal. Para cuando salí, en la sala de estar se había instalado un silencio sorprendente. Me asomé por la esquina, procurando que no me vieran.

Bijoy se ha quedado dormido en el regazo de Dilip, con los brazos y las piernas desmadejados con la absoluta entrega del sueño infantil. Los dos hombres lo vigilan. De vez en cuando hablan en susurros.

Mi padre extiende la mano para acariciar el pie de Bijoy. Yo sé qué sensación causa el contacto con la blanda planta sin mácula, los deditos tiernos como capullos, ese tobillo que se adapta con tanta suavidad a la oquedad de la palma de la mano. Lo que no había previsto es el sentimiento que me asalta de pronto, ese rápido aflorar de un gozo que no acabo de comprender.

Mi padre habla despacio, arrastrando las palabras, como si cada una de ellas fuera una piedra sobre su lengua.

—La gente toma decisiones, ya sabe. Desean algo con tanto anhelo que cada minuto que pasan sin ello se les antoja una eternidad bajo el agua. Después, con el tiempo, vuelven la vista atrás y les resulta increíble haber sentido algo con tal intensidad...

De repente me abrasa la ira. No es posible reparar sus actos, por más que diga. Había agarrado la vida de mi madre, tan delicada y frágil como la seda que me cubre, y la había destrozado. Y ahora pretendía conseguir el fácil alivio de la confesión.

Me acerco por el pasillo, haciendo ruido al andar intencionadamente. Quizá yo también tenga miedo, tal vez no esté preparada para oír una versión que llegue a confundir la frontera de mis lealtades. Por eso finjo estar muy atareada tomando a Bijoy en brazos.

—Lo pondré en la cuna y luego iré a acostarme —anuncio—. Estoy agotada. Mañana acabaré de limpiar. Buenas noches.

Lo digo todo de corrido, para evitar que mi padre termine lo que había empezado a decir.

De todas formas, mientras me alejo con Bijoy, percibiendo su olor a leche y a talco, limpio y natural, lo oigo a mi espalda.

—Salvo pesar —concluye mi padre.

Desde que nació Bijoy he aprendido a levantarme en cuanto comienza a llorar y a llegar junto a su cuna antes de que vuelva a tomar aire. A veces lo irónico de la situación me suscita una sonrisa: yo, de quien mi madre se burlaba por lo mucho que me gustaba dormir.

—Ya me levanto yo —dice esta noche Dilip cuando Bijoy se pone a llorar—. Hoy tienes que estar cansada.

—No, gracias —contesto con sequedad—. Ya has hecho bastante.

Me molesta que mi marido se haya mostrado tan amable con mi padre y deseo que lo sepa. Además, no me perdería por nada esos maravillosos momentos nocturnos de contacto con mi hijo.

Me inclino sobre la cuna de Bijoy, consciente de la facilidad con que mi cuerpo asume esa postura ya familiar, de la naturalidad con que mi garganta emite suavemente una antigua canción de la infancia: «*Chhele ghumolo, para jurolo*; El bebé duerme, por fin hay calma en el vecindario.» Rescato a mi hijo de su pesadilla y lo ayudo a conciliar el sueño con un masaje, hasta que los músculos se relajan bajo mi mano.

Quisiera evocar uno de los dichos de mi madre, algo que englobara este instante de intimidad con el resplandor preciso, pero el recuerdo que hallo es bien distinto.

Haciendo gala de imprecisión, me he presentado a mí misma como la única experta en Shakespeare de la familia.

Hace mucho, antes de que los deseos de un marido y las necesidades de una hija le usurparan la vida, mi madre había asistido a la universidad. Como yo, había estudiado lengua inglesa, aunque había abandonado sin queja los estudios, como una buena hija, cuando llegó el momento de contraer matrimonio.

Yo lo había olvidado. O, tal vez, absorta en mí misma de esa forma en que sólo llegan a estarlo los niños, nunca acabé de creer que mi madre disfrutara de una existencia propia antes de nacer yo.

Así fue como lo recordé:

Cuando nuestros parientes se enteraron de que papá nos había dejado, se nos echaron encima en tropel, armados de compasión y consejos que me dejaron un resto de resquemor durante días. La peor fue Ila Mashi, la prima de mamá.

—¿Cómo has permitido que se marchara? —decía—. ¿Y ahora qué será de vosotras dos? Seguro que no ha enviado dinero, ¿me equivoco? —O bien—: Monisha debería escribirle una carta rogándole que regrese, o para que al menos tramite vuestros permisos de entrada al país.

Me negué a concederle la satisfacción de una respuesta. Cuando Ila Mashi se fue, empero, reprendí con amargura a mi madre. ¿Acaso no conservaba ningún respeto por sí misma? ¿Ni el más mínimo pundonor? Yo en su lugar no toleraría que Mashi volviera a poner los pies en nuestra casa.

—Qué se le va a hacer —respondió mi madre—. A veces hay que perdonar a la gente.

—¡Perdonar! ¡Perdonar! Al final acabarás diciendo que perdonas a mi padre por lo que ha hecho.

—No lo he perdonado —respondió mi madre—, pero sigo intentándolo. He de conseguirlo, más por nosotras que por él.

Aunque ignoraba a qué se refería, estas últimas palabras me desagradaron en extremo.

—A mí no me metas en todo eso —espeté—. En mi opinión, ese hombre no se merece el perdón.

Entonces irguió los hombros y me miró, ardorosa en su deseo —el deseo de todas la madres, ahora lo comprendo— de proporcionar a su hija un instrumento que le permitiera gobernar su vida.

—Si le das a todo el mundo lo que se merece, ¿quién escapará del látigo? —dijo mi madre, recuperando a trompicones las palabras apenas recordadas de su juventud, aquel tiempo en que todo parecía al alcance de la mano.

Bijoy duerme enroscado de lado, con las piernas encogidas y las manos protegidas bajo la barbilla. Siempre me asombro al observar esa postura tan peculiar. Ni Dilip ni yo dormimos de esa manera. Una vez Dilip comentó que tal vez muchos niños se ponían así en la cuna, y que nosotros éramos demasiado inexpertos para saberlo. Yo asentí, pero no me quedé convencida. Sé que mi hijo es especial.

Podría quedarme toda la noche velando a este niño que ya tiene secretos propios y sueña cosas que nunca llegaré a conocer. Luego recuerdo que tendré que enfrentarme a mi padre durante el desayuno: necesitaré todo el descanso de que pueda disfrutar. Arropo a Bijoy con la colcha y cierro la puerta.

Entonces reparo en que hay luz en la habitación de invitados.

No, me digo. No, Monisha. Deja las cosas tal como están. No obstante, ya he empezado a recorrer el pasillo.

¿Qué pretendo mientras me dirijo a la habitación donde mi padre permanece acostado, incapaz de conciliar el sueño?

La respuesta: ojalá lo supiera.

Tengo una vaga noción de enfrentamiento, acusación, lágrimas tal vez. (Suyas, no mías.) Tengo la mente saturada de imágenes que necesito que vea: la cara de mi madre, demacrada a causa de la enfermedad; el vendedor que acompañaba a los potenciales compradores a la casa; el día en que despedí a los criados porque ya no quedaba dinero; mi mano encendiendo la pira, aquel jazmín en llamas.

Todo lo que dejó atrás y me legó a mí.

Una vez más me he equivocado. Mi padre no se revuelve, agobiado por la culpa, en su lecho de espinas. Simplemente se ha dormido con la lámpara encendida.

Me acerco un poco más para averiguar por qué. Estaba leyendo cuando el sueño lo venció de forma tan repentina que no le dio tiempo de quitarse las gafas ni de cubrirse. El libro de tapa roja extendido junto a la almohada es idéntico a los textos sagrados que mamá solía leer antes de morir.

Existe alguna ironía en toda la situación, pero mientras trato de dilucidar en qué consiste, mi mirada se posa en el rostro de mi padre. Qué distinto se ve en reposo, libre de tensión. Comprendo que él temía esta visita tanto como yo. Quizá por eso no ha retirado el ramo de jazmín de la mesita de noche y se ha limitado a desplazar el jarrón hasta el borde.

La noche ha refrescado y mi padre duerme de lado,

enroscado, con las piernas encogidas. Desprovisto de miedo, su rostro podría ser el de un adolescente, de mentón suave y obstinado a la vez.

Por un momento contemplo la esencia de la existencia de mi padre, quién fue de verdad. Quién es. El joven príncipe del que hablaban los antiguos cuentos, con la cara siempre vuelta hacia la aventura. El príncipe que nunca llegó a crecer, que, atrapado por las exigencias mundanas de una casa y una familia, creyó que podría liberarse con un simple y airoso mandoble de espada.

A la postre, no tan diferente de mí, que iba descargando mandobles por la vida utilizando la rabia como arma favorita.

Le quito las gafas de la cara y lo cubro con una manta. Pese a que procuro no tocarlo, mi padre parpadea y abre los ojos. Contengo la respiración, pero luego pienso que está casi dormido: aunque me viera, sería sólo una mancha borrosa compuesta de blanco y rojo, los colores del sari de mi madre.

Saco el jazmín del jarrón y me apresuro a alejarme hacia la puerta, lista para escapar.

Entonces oigo que mi padre pronuncia una palabra con voz pastosa, cargada de sueño, como si llamara a alguien. ¿Es el nombre de mi madre o el de otra mujer? Espero a que el punzante calor de la ira aflore bajo mi piel, pero sólo percibo un leve hormigueo. ¿Cuándo dejó de tener tanta importancia la respuesta?

Es sólo un pequeño paso, no puede considerarse un perdón.

Mi madre no habría estado de acuerdo. Ella habría dicho: «El océano no es más que un cúmulo de gotas de agua.» Si yo hubiera objetado que ignoro si dispondré de más gotas, ella habría sonreído.

Mi padre suspira y se da la vuelta, protegiéndose las manos bajo la barbilla en un gesto que me resulta sumamente familiar.

Apago la lámpara y cierro la puerta. Los tallos de jazmín tienen un tacto duro y nudoso entre mis manos; me recuerdan dedos. Creo que empezaré a coleccionar proverbios de mi propia cosecha. «Las flores invisibles exhalan una fragancia más intensa.» «El hogar es aquel sitio donde uno se mueve con soltura en la oscuridad.» En nuestro dormitorio Dilip permanece despierto en la cama. Cuando llegue junto a él, le hablaré de mi madre. Le contaré cómo murió y de qué vivió.

Es una historia que lleva mucho tiempo esperando a que alguien la cuente.

Lo que el cuerpo sabe

Cuando rompe aguas, Aparna está encaramada a una silla en la habitación del bebé, colgando el móvil con un pez de cerámica que compraron con Umesh el día antes. Mientras el líquido mana, tibio y pegajoso, observa fugazmente y con asombro las reacciones instintivas de su cuerpo, el pánico que le seca la boca, las piernas que se juntan como si con ello pudieran impedir el flujo. Después el terror, agrio y atávico, gana terreno... precisamente la emoción a la que se había propuesto no sucumbir a lo largo de todos los meses de cuidada planificación, entre visitas al médico, complementos de hierro, libros sobre puericultura y clases de preparación al parto. El terror le inunda el cerebro, impidiéndole pensar.

Suelta el móvil y oye el ruido que produce al romperse contra las baldosas del suelo. En algún rincón de la mente se agazapa el pesar, pero de repente el cuerpo ha quedado entorpecido y ella debe aplicar todas sus energías en bajar de la silla. Avanza con cautela sobre un suelo que en ese momento representa un peligro hasta llegar a la cocina, donde Umesh está preparando una tortilla tal como le gusta a ella: con mucha cebolla y pimientos verdes cortados en rodajas. Ya percibe el olor dulzón e intenso. Se dispone a decirle que es el mejor marido... No, es otra cosa lo que debe comunicarle, algo que no logra recordar.

No obstante, él ya se ha desentendido de la tortilla para precipitarse hacia ella.

—Aparna, cariño, ¿te encuentras bien? Estás muy

pálida. —Luego, cuando ella se aprieta el vientre, aún sin habla, él exclama—: ¡No, no puede ser! Si aún estamos en julio... faltan tres semanas. ¿Estás segura? ¿Te duele?

Tiene el rostro tan desencajado por la ansiedad y una culpa tan evidente en la mirada que a Aparna no le queda más remedio que reírse. El miedo de su marido contribuye a mitigar el suyo propio. Tiende la mano hacia él y la inundación retrocede en su cerebro, dejando tan sólo unas cuantas áreas encharcadas.

—Estoy bien —asegura—. He roto aguas.

Le encantan los mimos que le dispensa, obligándola a acostarse en el sofá, poniéndole cojines bajo los pies. Su melena se desparrama por el borde del sofá, reluciente y espectacular, como el cabello de una heroína de tragedia. Sin embargo, aquello no es una tragedia, sino el acontecimiento más feliz de sus vidas. Tal vez se trata más bien de una comedia, porque él, en su precipitación se equivoca de número y en lugar de llamar al hospital le contestan en una gasolinera Texaco. Ella ya imagina la anécdota que años más tarde explicará a su hijo. «¿Sabes lo que hizo tu padre el día que naciste?» Piensa en la bolsa del hospital, en si ha colocado todo lo que les recomendaron en el cursillo. Sí, hasta los caramelos ácidos que le aconsejaron chupar durante el parto... los compró la última vez que fue a la tienda, por si acaso. Le reconforta haber sido tan previsora.

Durante todo el trayecto hasta el hospital el cielo luce un azul limpísimo, un azul de vacaciones, a juego con los lirios que llenan los jardines del barrio. Se permite el lujo de dejar vagar el pensamiento. El pánico le sobreviene en oleadas, pero se esfuerza por relajarse, como lo haría un nadador en el mar, y siente que pasa bajo ella. ¿Cómo es posible que nunca se haya fijado en todas esas rosas, de color rojo, blanco y amarillo dorado, del mismo tono que el vestidito de bebé que aguarda en el fondo de la bolsa del hospital envuelto en papel de seda? Eligió caramelos verdes, con sabor a lima. Sólo de pensarlo aumenta su salivación, anticipando con placer el momento. El aire le roza con suavidad la cara, como la mejilla de un bebé.

Más tarde se preguntará si fue mejor así, no saber cuándo la muerte la miraba por encima del hombro. Si fue mejor confundir su aliento con el aroma de las rosas. Tomar aquel momento perfecto y desperdiciarlo por la certeza de que la aguardaban mil más como ése.

Hablan de valores de bolsa, los oye con total claridad, pese a que han corrido una especie de cortina ante ella. Su ginecólogo prefiere las empresas consagradas. IBM, dice mientras comienza a cortar. El anestesista, un joven dinámico y con bigote, que le ha estrechado la mano antes de introducirle la aguja en la columna, no comparte su opinión. Lo interesante es invertir en una buena empresa de reciente formación antes de que alcance renombre.

—Hay bastantes aquí mismo, en Silicon Valley, justo delante de nosotros —afirma antes de iniciar una lista de nombres.

—Espero que tomes nota —susurra Aparna con burlona seriedad a Umesh—. Servirá para pagar la universidad de nuestro hijo.

Después se estremece cuando el médico secciona una parte especialmente resistente de tejido. Las manos de Umesh están resbaladizas sobre su brazo a causa del sudor. Se le ven las rojas y finas ramificaciones de las venas en los ojos. Se ha estado mordiendo los labios desde que anunciaron que era preciso operar, porque los latidos del corazón del bebé eran débiles. Ella siente una incongruente necesidad de consolarlo.

—¿Te duele? —pregunta Umesh, inclinándose—. ¿Quieres que les pida que te den algo?

Ella niega con la cabeza. Durante toda la sucesión de tirones y cortes, cuando le han abierto la carne y luego vuelto a coser como si fuera cuero viejo, sólo ha experimentado una asombrosa ausencia de dolor. Pero el cuerpo sabe, piensa. No es posible engañar al cuerpo. Sabe lo que le están haciendo. Tarde o temprano, se tomará su revancha.

Ahora le depositan al bebé sobre el pecho, un sólido cuerpecillo de cara roja y expresión preocupada, como su padre. Es un niño muy guapo, no está descolorido ni tiene la cabeza deformada tras haber sido expulsado por el canal vaginal como se veía en los vídeos del cursillo, cosa que la consuela un tanto de haber tenido que pasar por la cesárea. Piensa en el nombre que eligieron para él. Aashish. Bendición. Aunque el efecto de la anestesia se va disipando y el dolor comienza a mostrar su rostro, se aferra a esa palabra.

A diferencia de los niños chillones de los vídeos sobre el parto, su hijo la observa con aplomo. Le han asegurado que los recién nacidos no saben enfocar la mirada, pero ella está convencida de que se equivocan. Su bebé la ve, y le gusta mucho lo que ve. Si por lo menos los dejaran a los dos solos para que se fueran conociendo... Pero alguien con bata se lo arranca de los brazos emitiendo tontamente una especie de chasquidos.

Umesh dice algo igual de tonto, como que ya volverán a traerlo cuando ella haya descansado. ¿No comprende que está muy tranquila y que quiere tenerlo con ella? Detesta los hospitales, piensa con un súbito arrebato de energía, siempre los ha detestado. No ve la hora de salir de allí para no volver nunca más.

La noche en que regresa a casa, Aparna se despierta de madrugada, aún de noche, con una frase que se repite en su cabeza. «Considero el dolor como el más fiel de mis amigos.» Tarda un poco en identificar su procedencia. Es de un diario, de una escritora que leyó hace mucho en una clase de literatura norteamericana. No le inspiró mucha confianza esa mujer, de modo que olvidó su nombre lo antes posible.

Ahora, sin embargo, Aparna debe reconocer que sabe a qué se refería. El dolor acompaña constantemente a Aparna, permanece al acecho bajo las sábanas perfumadas de lavanda de la cama matrimonial en la que se han instalado con Aashish. Distinto del dolor que sentía en el hospital, la roe como una gigantesca rata.

—¡Qué mono! —alaban las visitas—. ¡Y mirad qué mejillas más sonrosadas! ¡Es magnífico ver a alguien tan feliz!

Ataja con sequedad a Umesh cuando le toca la frente, caliente y seca, y le pregunta si necesita algo. Cuando él llama al médico, éste contesta que el dolor es normal... igual de normal que el exceso de preocupación en que incurren con frecuencia los padres inexpertos.

Aparna decide que conquistará el dolor a fuerza de prescindir de él. Durante tres resplandecientes días aprende a dar el pecho a Aashish, se centra en la forma de su cuerpecito reclinado en el pliegue del codo, en el brusco tirón de sus encías contra los pezones hinchados. Una mañana, no obstante, al levantarse de la cama con intención de ir al cuarto de baño, operación que cada vez le resulta más difícil, cae y no logra levantarse.

Siempre recordará el momento en que aflora en la superficie del delirio, extendido a su alrededor como un lago insondable, reluciente como el mercurio. Le cuesta centrar la mirada, pero impulsada por un miedo innombrable se obliga a hacerlo. Es la última hora de la tarde. Está en el hospital, en la misma habitación que antes. ¿Habrá sido todo ese tiempo intermedio un mero sueño? No obstante, el espacio contiguo a la cama, donde reposaba la cunita, se encuentra vacío. «¿Dónde está mi hijo? —grita—. ¿Qué le han hecho a mi niño?» Las palabras surgen como un borboteo a través de los tubos conectados a su nariz y a su boca. La enfermera se inclina, pero su rostro expresa tanta estupidez e ignorancia que Aparna no tiene más remedio que zarandearla para despabilarla un poco... hasta que le atan las manos y le administran una inyección.

Luego llega Umesh y le explica que estaba demasiado enferma para cuidar a Aashish. Por eso lo han llevado con una amiga de la familia mientras los médicos tratan de averiguar qué le ocurre. Él comprende sus gruñidos e hipidos ininteligibles.

—Por favor, no te preocupes, todo se solucionará —le asegura, mientras le acaricia el pliegue de los codos, el tenue dolor de las agujas clavadas y fijadas con esparadrapo, hasta que para de temblar y deja de desplazar de manera tan frenética la mirada de un lado a otro—. Cálmate, cariño, yo te abrazaré hasta que te duermas.

Le cuenta lo bien que está Aashish, le dice que aumenta de peso día tras día, que vuelve la cabeza en dirección a los ruidos y patalea con vigor. Aparna incluso consigue sonreír un poco mientras se queda dormida, aunque hay una pregunta que no alcanza a formular: «¿Cuándo podré regresar a casa?» En sueños cree que oyó la respuesta murmurada por su marido: «Pronto, cariño.» Su voz es fresca y respirable, como el rocío nocturno. Cuando despierta, sin embargo, se encuentra en medio del lago de mercurio. Pugna por emerger, de nuevo repara en ese espacio vacío junto a la cama, y se pone a gritar.

Aparna nunca ha sido una persona irascible. Por eso se sorprende cuando en los breves momentos de lucidez entre el pánico y el algodonoso y anodino estupor de la medicación, siente la furia desarrollándose en su organismo, igual de tangible que cualquiera de los fluidos que su cuerpo ha olvidado cómo expulsar. Lleva ya dos semanas allí, sometiéndose a un montón de pruebas que no ofrecen ningún resultado claro. Todo lo relacionado con el hospital la llena de rabia. El olor pegajoso de las paredes. El líquido blanco con sabor a cal que se ve obligada a tragar para que las máquinas proyecten imágenes más nítidas de sus entrañas. Las bonitas y sanas caras de las jóvenes enfermeras que eligieron la sección de obstetricia para tener pacientes contentas. La sonrisa de su ginecólogo cuando afirma que pronto la dejarán como nueva. Aparna quisiera hacerle saltar los dientes de un puñetazo. Desearía tener a mano un abogado que lo demandara por cada una de las acciones que posee, contratar a un matón para que borrara esa sonrisa de la faz de la tierra.

Cuando le comunican que es preciso realizar otra intervención quirúrgica, se echa a llorar con hondos sollozos, dejando que los mocos y las lágrimas se mezclen sobre su cara. Está demasiado cansada para limpiarse, y además, ¿para qué? Está fea, lo sabe: tiene el pelo grasiento y apestoso pegado a la cara. Más fea que el pecado, con esa bata de hospital que le deja al descubierto la espalda. Ha de soportar que le sostengan la cabeza cuando, periódicamente, vomita una espuma verdosa. Ha de aguantar que la limpien después. Curiosamente, eso es lo peor: por el desapasionamiento con que las manos de un desconocido realizan un trabajo sobre su cuerpo. El dolor la ha vencido, por fin lo reconoce.

Esa tarde, cuando Umesh va a verla, vuelve la cabeza y se niega a mirar las fotos que le ha sacado a Aashish en el baño.

Aunque la operación ha sido un éxito y ya han extraído las adherencias intestinales que le habían provocado todos los trastornos, la recuperación de Aparna no sigue un buen curso. Eso les preocupa. Lo sabe por la profusión de susurros que se produce entre los médicos que la visitan todos los días. Son todo un equipo: el ginecólogo, el cirujano que se encargó de la segunda operación, un inmunólogo, incluso una asistente social, una mujer con aspecto de mosquito que lleva su caso, según le ha informado. Hurgan y palpan, examinan los puntos y las gráficas, formulan preguntas a las que ella no responde. Hasta que se van, mantiene los ojos bien cerrados como una barrera contra ellos. De esta forma, si algún día se recupera y se los encuentra, por ejemplo, en un centro comercial, no sabrá quiénes son. Pasará de largo con la educada y absoluta indiferencia de que sólo es capaz un desconocido.

En una ocasión oye que la enfermera de noche habla de ella con Umesh. Esa enfermera es mayor y no se parece a las otras, tan pizpiretas. Antes de su estancia en el hospital, cuando tenía energías para ese tipo de cosas, Aparna le habría otorgado una vida completa imaginaria: había perdido toda su familia, marido y cuatro hijos, en el terremoto de Los Ángeles, y se había trasladado a la zona de San Francisco, donde ahora trabajaba en el turno de noche porque no soportaba la soledad. O quizás había estado en Vietnam, donde había visto tragedias que las enfermeras jóvenes ni siquiera alcanzaban a imaginar. Por eso las observaba con esa expresión levemente sardónica mientras ellas revoloteaban en torno a sus pacientes, sirviéndoles zumo de arándanos y remetiéndoles las sábanas. Sin embargo a esas alturas Aparna se sabe derrotada, y sólo es capaz de percibir que la enfermera de noche se encuentra a sus anchas con la muerte. Lo sabe por la forma en que en ocasiones acude junto a su lecho, cuando ya han apagado las luces, para masajearle los pies, inclinada en una oscuridad impregnada de un olor denso y pegajoso, como de loción de hospital, sin pronunciar ni una palabra.

Sin embargo, en ese momento, la enfermera habla con Umesh.

—Ha perdido la voluntad de vivir —apunta con su habitual gravedad.

—¿Pero por qué? —pregunta Umesh con desconcierto. Su voz suena aguda, como la de un niño—. ¿Cómo es posible, si tiene tantos motivos para seguir viviendo?

—A veces ocurre.

—No lo consentiré —afirma Umesh con enojo—. No señor. Ha de haber algo que yo pueda hacer.

Aparna escucha con leve curiosidad, como se escucha el culebrón que emite el televisor de la habitación de al lado. ¿Conocerá la sabia enfermera algún remedio para revitalizar a la decaída joven madre y vincularla de nuevo a su amante marido y a su indefenso hijo?

—Tiene que... —dice la enfermera.

Lo que debe hacer queda ahogado por las regocijadas exclamaciones de una familia que en ese preciso instante llega a la habitación contigua para conocer a su más reciente miembro.

Debió imaginar lo que estaban tramando, pero la medicación le ha ablandado el cerebro, como si se tratase de una pastilla de mantequilla que se ha quedado toda una noche fuera de la nevera, de tal modo que las nociones a las que quiere aferrarse —preguntas y sospechas— se hunden en su mente y desaparecen. Sin embargo, tampoco entendía por qué se asombró tanto cuando su amiga entró con Aashish en brazos.

Umesh había tratado varias veces de que viera a Aashish, pero cada vez que planteaba esta posibilidad, ella se ponía a llorar con tanto desconsuelo que le subía la fiebre y la enfermera tenía que ponerle una inyección.

—Por favor, Aparna, por favor —le decía él después acongojado, acariciándole las puntas desiguales del pelo—. No te comportes así. Sé razonable.

No quería ser razonable. Él no tenía ningún derecho a pedírselo, porque en su pecho crecía una incontenible emoción que la ahogaba cada vez que pensaba en su hijo perdido... sí, perdido, ésa era la palabra. La sentía oprimiéndole los pulmones, desplazando el aire, mucho después de que Umesh se rindiera y se marchase.

Ahora observa a su amiga mientras ésta deposita con aire ansioso la sillita del coche y saca al bebé. Aashish, vestido con un trajecito de dos piezas que Aparna no compró para él. Aashish, tan crecido y tan contento que Aparna apenas reconoce a su hijo. Es normal, porque éste no es su hijo. A su niño le ha ocurrido algo terrible porque ella estaba en el hospital y no era capaz de cuidarlo, y ellos no se atreven decírselo. Por eso le han llevado ese... ese pequeño impostor. «¿Dónde está mi hijo? —desea preguntar—. ¿Qué habéis hecho con mi niño?»

—Llévatelo de aquí —exige en tono inexpresivo.

—Al menos tenlo un momento en brazos —sugiere su amiga.

Luego se inclina hacia Aparna y retira los tubos para acostar al pequeño a su lado. Tiene las pestañas húmedas de lágrimas. Aparna percibe, en el pelo de la amiga, la fragancia a bosque de Clairol Herbal Essence. Es el champú que ella usaba durante el embarazo. De improviso añora el chorro verde vertido despacio en su mano, el relajante vapor de la ducha, sus dedos —sus propios dedos— recorriendo el cuero cabelludo, conocedores de dónde deben aplicar el masaje en profundidad y dónde con suavidad.

Allí, contra su costado, el bebé agita las piernas y la golpea con sus bracitos gordezuelos. Cuando le tiende un dedo, él lo agarra y emite una repentina carcajada. Su amiga ha salido, dejando un biberón lleno de leche encima de la mesita.

—Pequeñín —susurra. Aún no está preparada para pronunciar el nombre que lo identificará como suyo.

El niño ríe de nuevo. El sonido tira de las comisuras de su boca, rígida por falta de costumbre, hasta que también ella ríe. Las rosadas encías del bebé son del color de las adelfas que plantó en el jardín.

De pronto tiene hambre, un hambre repentina y exigente que sólo tienen los bebés. Comienza a quejarse y, por la forma en que tuerce el gesto, es evidente que no tardará en echarse a llorar. Aparna se apresura a tender la mano para buscar el biberón, mas se detiene de improviso, golpeada por una idea tan apremiante que casi la deja sin aliento. Dirige una mirada furtiva hacia la puerta, pero no ve a nadie, de modo que tironea de la bata de hospital para descubrir un pecho y acercarlo a la boca de Aashish.

¿Por qué lo hace? Es consciente de que ya no tiene leche, aunque la forma en que se produjo ese proceso queda velada por la algodonosa bruma de los primeros días tras su segundo ingreso en el hospital. Quizá le ofrece el pecho al niño a modo de prueba: «Si es mi verdadero hijo, lo aceptará.» Quizá la mueve la esperanza de un milagro. Recuerda vagamente antiguos relatos hindúes en que la leche brota de los pechos de una madre cuando ésta se reúne con sus hijos perdidos tiempo atrás. No obstante, su principal motivación es la exigencia de su cuerpo, que reclama sentir una vez más la dura y voluntariosa tenaza de esas encías.

Aashish se resiste. Empieza a chillar, con la cara congestionada y el cuerpo rígido. Como no lo consuelan ni las palmaditas ni los arrullos, Aparna se apresura a tender una mano temblorosa hacia el biberón, temiendo que alguien entre corriendo para saber qué le ha hecho al pobre niño y se lo lleve. Con la precipitación vuelca el biberón, que se va rodando debajo de la cama, fuera del alcance de sus brazos impedidos por los tubos. Así, se ve obligada a permanecer inmóvil junto a su hijo, escuchando el llanto que se le clava como una aguja candente, hasta que su amiga entra a toda prisa y, en efecto, se lo lleva.

Más adelante, cuando todo aquello ha pasado y Aparna ha recuperado el ritmo habitual de su vida... imposible: su vida, quebrada en un antes y un después, por la proximidad de la muerte, nunca volverá a parecerle habitual. La encontrará sutilmente alterada, como una melodía conocida a la que se han incorporado nuevos instrumentos. En todo caso, una vez instalada en ella, la gente le preguntará: «Entonces, ¿a qué se debió tu mejoría?» Ella les dará distintas respuestas: «Fue el nuevo antibiótico.» O dirá por ejemplo: «Fue cuestión de suerte», con un encogimiento de hombros. Sólo una vez confesará a una amiga —una que no es la que se ocupó de su hijo, con ésta se distanciaron tras la recuperación de Aparna—, desviando la mirada hacia la ventana y algo ruborizada:

—El amor me salvó.

—Claro —contestará la amiga, asintiendo con la cabeza—. Entiendo.

Aparna, sin embargo, ignorará si se ha referido a su marido y a su hijo, tal como ha deducido la amiga, o a algo completamente distinto.

Pocos días después del desastroso episodio con el bebé, Aparna abre los ojos y descubre a un hombre en su habitación. La desconcierta ese desconocido rubio y bien afeitado, vestido con una camiseta y vaqueros que le confieren un aire juvenil.

—Soy el doctor Byron Michaels —se presenta, tendiéndole una mano que ella no estrecha.

Aparna tarda varios minutos en reconocer al responsable de su segunda intervención quirúrgica. Con la ropa de calle, el médico ofrece un aspecto tan distinto a las veces en que la visitaba con el resto del equipo que ella no cierra los ojos ni le da la espalda, tal como se propuso en un primer momento, aunque no le devuelve la sonrisa. Sin embargo, cuando el hombre acerca una silla y se sienta a su lado, Aparna lo observa con cierto interés.

—Quisiera hablarle acerca de su operación —le anuncia—. Creo que debe saberlo.

Antes de que tenga tiempo de replicar, «No, muchas gracias», él ya ha iniciado su explicación.

—Los otros cirujanos —empieza, empleando el tono de apremio de quien siempre está muy ocupado— no querían intervenir. Opinaban que moriría en la mesa de operaciones. En cambio yo lo consideré un desafío. Quizá fue una tontería. Cuando la abrí y vi en qué estado se encontraba, pensé que no podría hacerlo. El médico que operaba conmigo quería que cerrara enseguida. Sin embargo, yo me empeñé en no dejarla morir sin más.

El doctor Michaels baja la voz. La contempla, pero Aparna comprende que en ese momento está viendo otra cosa. Mientras habla, efectúa unos leves movimientos con las manos, como si diera puntadas en el aire.

—Empecé a limpiarlo todo, a quitar la infección adherida, a retirar el velo que le recubría los intestinos. Tardé horas. Sudaba a mares. La enfermera no paraba de secarme la cara. Después, tuvo que ayudarme a quitarme los guantes. Me temblaban tanto las piernas que me vi obligado a sentarme. No obstante, había logrado terminar la operación como me había propuesto.

La luz que entra por la ventana arranca destellos del vello dorado en el brazo del cirujano. Tiene unos biceps lisos y fibrosos, como los de un atleta adolescente. Aparna se pregunta si ella es uno de sus primeros casos graves.

—Y ahora —concluye él con amargura—, usted se empeña en echarlo todo a perder.

El sol le ilumina la mejilla ahora, radiante e insistente. Aparna piensa de improviso que nunca ha tocado la cara de ningún hombre salvo la de su marido. Antes de morir le gustaría saber qué tacto tiene la piel rosada de este americano. Extiende el brazo —le queda tan poco que perder que no experimenta turbación alguna— y le acaricia la cara. La nota más caliente de lo que esperaba. Le parece notar un hormigueo en la punta de los dedos, el ligero dolor burbujeante que se produce cuando retorna la circulación a un miembro. Bajo la piel se propaga un rubor, pero tal vez Byron —ése es el nombre que le atribuirá durante el resto

de su estancia en el hospital, como si fuera un poeta román-
tico resucitado y ataviado con una bata de cirujano de color verde— comprende la situación, porque permanece
muy quieto en la silla y permite que ella recorra con el dedo
la concavidad que media entre la mandíbula y el pómulo.

Se ha producido un cambio. Antes Aparna se negaba
a levantarse de la cama, mientras que ahora sale a caminar,
arrastrando los pies enfundados en unas zapatillas de hospital demasiado holgadas, en compañía de una enfermera
que empuja el soporte de la botella de suero. Antes apenas
aceptaba el rápido lengüetazo de un guante de aseo, mientras que ahora pide que la ayuden a llegar al cuarto de baño
para lavarse bien la cara. Umesh se maravilla cuando su esposa le pide que le lleve su estuche de maquillaje y todas
las mañanas se pinta con pulso vacilante los labios y ojos
antes de aplicarse un toque de aceite de jazmín detrás del
lóbulo de la oreja. Cuando Umesh le toma las manos entre las suyas y le dice lo guapa que está, lo feliz que le hace
que haya mejorado su disposición, ella sonríe con aire dis-
traído. Una noche la besa antes de marcharse y murmura
lo solo que se siente en la cama; ella se sorprende imaginando que es Byron quien se lo dice. Así se ve obligada a
reconocer ante sí misma el motivo de su mejoría.

Las visitas de Byron son breves e irregulares, interca-
ladas entre operaciones y la atención a otros pacientes más
enfermos que ella. Lo aguarda con una ansiedad que reconoce excesiva. Aunque no vuelve a tocarlo, fantasea sin
querer con esta idea... y con cosas peores. Todo aquello le
resulta humillante, y más cuando ella no parece inspirarle
más que un interés profesional mientras le examina los
puntos y la felicita por sus progresos.

Aparna se repite que su comportamiento es estúpido.
Está cayendo en el estereotipo de la paciente que se ena-
mora de su médico. Ella es algo más inteligente que eso,

¿no? En un par de ocasiones cree advertir una mirada burlona por parte de la enfermera. ¡Ya basta!, se reprende a sí misma. A la mañana siguiente, no obstante, ya está incorporada en la cama, lista y maquillada, tratando de desenredarse el pelo que ha hecho lavar a la enfermera. Cuando se mueve la cortina, levanta la vista con la más sensual de sus sonrisas, pero sólo se trata de Umesh, a quien se le ha ocurrido visitarla de camino al trabajo y sorprenderla con un ramo de iris del jardín. El hombre no acaba de entender a qué se deben los malhumorados monosílabos con que ella le responde.

Es idea de Byron volver a llevarle al niño. Aparna se niega, temerosa. Replica que la visita anterior fue un desastre, si bien no llega a confesarle —ni siquiera a él— los penosos detalles de lo ocurrido.

—Inténtelo de nuevo —insiste el médico. Luego apoya una mano sobre su hombro—. Hágalo por mí.

Esa vez la visita transcurre mejor, sobre todo cuando ella se repone del asombro de ver tan crecido a Aashish. No se parece en nada al pequeñín con pañal al que ella había abrazado con tanto ardor en su imaginación. Él, por su parte, no la reconoce en absoluto. De todas formas, eso supone casi un alivio, porque así no tiene que comportarse como una madre... ignora si sabría hacerlo, después de tanto tiempo. Así se siente con derecho a comportarse como la mujer torpe y quisquillosa de los últimos tiempos.

Aashish, con todo, desarma su susceptibilidad. Tal vez sea por su buena disposición para divertirse con los juegos que ella inventa con los dedos. Le gusta que ella acerque la cara a la suya y emita ruidos extraños. Cuando se le acaba el repertorio de ruidos, el bebé la mira con los ojos muy abiertos, «como si mi cara fuera lo más interesante del mundo», comenta maravillada a Umesh.

Le encanta esa mirada intensa y reflexiva, esa observación del mundo con una atención pura y completa. Le encanta y la llena de humildad. Ella también quiere aprenderla. Y si, como teme, es demasiado mayor para ello, entonces desearía estar cerca de su hijo y aprender a través de él. Por eso practica una y otra vez soplando en el tubo de plástico lleno de bolitas que le han dado las enfermeras y que se supone que va a fortalecerle los pulmones. Cada día se esfuerza por recorrer un trecho más de pasillo. Prueba incluso los ejercicios de visualización expuestos en el libro que le llevó una de sus amigas, sugestionándose con los ojos cerrados para sentir su cuerpo resplandeciente, compuesto de discos de luz. Sigue maquillándose todas las mañanas para Byron, aún le agrada verlo, pero a veces mientras hablan, no se concentra en la conversación. Esos pasos en el pasillo... ¿no será Umesh, que trae a Aashish un poco más temprano?

Como por milagro, llega el día en que le dan el alta del hospital. Las enfermeras quieren celebrar la ocasión y entre todas le compran un traje de bebé y un par de marionetas de mano. Van haciendo sonar trompetillas y aplauden mientras la empujan por última vez en la silla de ruedas por el pasillo. Desde el asiento posterior del coche, se despide de ellas con la mano mientras con la otra se aferra a la sillita de Aashish. Cuando el coche dobla la esquina, advierte que está llorando.

Byron pasó esa mañana a realizar la última visita y certificó su curación. No es que esté curada del todo. Todavía se cansa al recorrer todo el pasillo ida y vuelta. Para sentarse en una silla ha de doblarse con exasperante lentitud. Aunque se desvive por saborear un buen curry picante, le han prescrito una dieta estricta: ante ella se extiende un interminable yermo de compota de manzana y pan blanco. De todas formas, el corazón le dio un brinco como el pez al que devuelven al lago.

Byron le tendió la mano. Ella la tocó levemente. Era la primera vez que lo tocaba desde la tarde en que él le contó cómo le había salvado la vida. Deseaba decirle algo sobre aquello, algo sobre el amor. Pero ya él le recordaba que esperaba verla en su consulta al cabo de una semana, que llamara a su secretaria, que siguiera la dieta. Llenó de mundanidad el espacio que los separaba. Cuando terminó, a ella ya no le quedaba nada que decir.

Ágil y esbelta, vestida con una camiseta negra y pantalones cortos del mismo color, Aparna circula por la sección infantil de unos grandes almacenes, eligiendo artículos para el primer cumpleaños de Aashish. En el carro lleva, además de las bolsitas de regalo para los niños que ha invitado, un enorme Barney, el personaje de la tele preferido de Aashish, y una cometa de seda roja con forma de pez. Se ha esforzado mucho por recuperar su silueta anterior al embarazo y disfruta incluso de más energía que antes, según afirman con envidia sus amigas. También siente una especie de impaciencia nueva, lo cual en ocasiones las incomoda un poco. Es como si dijera: «Ve al grano. No dispones de tanto tiempo como crees.»

Aparna ha conseguido olvidar buena parte de lo que quería olvidar en relación con la enfermedad. Le quedan algunas secuelas. Es capaz de realizar un rodeo de dos kilómetros con el coche para evitar el edificio gris en el que pasó un mes de su vida. No soporta algunos colores: el alegre amarillo chillón, el inocuo melocotón, el tierno rosa. A una hora determinada de la tarde, cuando bajo los alféizares se acumulan unas sombras cárdenas, el estómago se le encoge de ansiedad. Todo eso lo cataloga, no obstante, como un mal menor.

Se aparta el pelo produciendo una negra ondulación y se encamina a la caja. Es una mujer hermosa cuya mirada transmite tanto aplomo que nadie adivinaría el trance por el que ha pasado. En ese momento reconoce al doctor Michaels. Él también se dirige a la caja con algo en la mano... un jersey, le parece, aunque no está segura, aturdida por una angustia que pensaba haber superado.

No había vuelto a verlo. Le dijo a Umesh que era demasiado doloroso, por todas las asociaciones negativas que conllevaba. ¿Sospechó él que existían otros motivos? En todo caso, no lo mencionó. En aquellos primeros momentos la trataba con cauteloso mimo, como si fuera una ventana de cristal que pudiera hacerse añicos si la contrariaba. Por fortuna, piensa con una sonrisa, recordando la calurosa discusión que mantuvieron a propósito de la fiesta de cumpleaños, aquel periodo no duró mucho.

El primer impulso de Aparna es escabullirse tras la enorme exposición de sábanas con motivos florales que se levanta al otro lado. Eso sería un acto de cobardía, sin embargo. Además, el doctor Michaels ya la ha visto y avanza hacia ella con la cabeza levemente ladeada, como si no estuviera del todo seguro de que realmente se trate de su paciente. Temía que adoptara una actitud acusadora o, peor aún, sentimental, pero se limita a ofrecerle esa mano que ella conoce de forma tan íntima —como conocemos los objetos de nuestra niñez o nuestros sueños— para tocarle el codo.

—Me alegro de verla —la saluda—. ¿Cómo está? ¿Y su hijo? Es un niño, ¿verdad?

Aparna pugna por encontrar una respuesta inteligente, pero el contacto de esa mano la turba, devolviéndola a aquella lejana tarde en que ella le acarició la mejilla sonrosada por el sol. La vergüenza que no sintió entonces le inunda la cara. Luego repara en la mirada del médico. Las piernas delgadas y fuertes, el brillo del pelo recién lavado... la observa con la expresión maravillada de quien convive a diario con cuerpos quebrados por la enfermedad.

Experimenta un alud de emociones, distintas sin embargo de los sentimientos opresivos y vergonzosos que abrigaba con respecto a él en el hospital. Es algo que la llena de vértigo. Cuando levanta la mirada, todo —la cara de él, la montaña de sábanas, el techo— aparece teñido de un suave resplandor dorado. Desea decirle que siempre será un hombre muy especial en su vida. El hombre que la abrió y tocó los pliegues más recónditos de su cuerpo, que recorrió con ella, a la manera de Orfeo, el tenebroso callejón que comunica la vida y la muerte.

—¿Cómo le va la vida? ¿Por qué no nos sentamos a tomar algo y me lo cuenta? —dice el doctor Michaels—. ¿Tiene tiempo?

Le sujeta la mano con un gesto posesivo, como si ella siguiera en el hospital y dependiera de él, piensa Aparna un poco molesta. La mirada del médico ha cambiado y resulta mucho más fácil de descifrar. En otro tiempo había estado en la cama, untándose de carmín los labios resecos, aplicando sombra de ojos con dedos temblorosos, anhelando esa clase de mirada de él. Ahora su reacción la llena de tristeza porque le revela que no es diferente de los demás hombres.

Aparna dispone de tiempo. La fiesta está prevista para la semana siguiente y con su tendencia compulsiva a planificarlo todo, ya ha organizado los detalles principales. Aashish está en casa de una amiga con la que se alternan el cuidado de los niños de ambas un par de veces por semana, y no ha de recogerlo hasta la tarde. Pese a ello, murmura una disculpa y suelta la mano del doctor Michael.

—¿Quizás en otra ocasión entonces? —apunta éste—. Sería mejor tal vez... una tarde en que no tengamos prisa. Podríamos vernos para comer o para tomar una copa. ¿Le apetecería que fuéramos a San Francisco? —Saca una tarjeta, en la que anota un número—. Llámeme al móvil —dice—. Lo hará, ¿verdad?

Aparna acepta la tarjeta e inclina levemente la cabeza. No es un gesto de asentimiento, tal como interpreta él a juzgar por su complacida sonrisa juvenil, sino de aceptación. La aceptación de la debilidad... la suya, la de él, sus diferentes e inevitables debilidades. Nunca le explicará, ni a él ni a nadie, que un momento antes, todo ha quedado envuelto en oro. Algunas cosas no son susceptibles de ser explicadas. Sólo el cuerpo las sabe. Las acoge con paciencia, en sus silenciosas células inteligentes, hasta que la persona está preparada para ver.

Tras dirigirle un desenvuelto saludo con la mano, el doctor Michaels dobla la esquina; entonces ella arroja su tarjeta —con delicadeza, no obstante— en una papelera. En la caja, mientras deposita las compras sobre el mostrador, cierra los ojos un instante. «¿Qué debemos hacer?» No se le ocurre ninguna respuesta. Sólo se presenta una imagen: la ladera de una colina parda como la piel de un león, su marido corriendo al tiempo que sujeta una bobina, su hijo lanzando gritos de alborozo cuando ella suelta la cometa. La tela que se despliega sobre ellos asumiendo la breve y vigorosa forma del gozo humano.

Los niños olvidados

Durante mi infancia, cuando apenas había nada más a lo que aferrarse, yo tenía una fantasía. Aquellas veladas impregnadas de olor a ron, cuando los gritos inconexos de papá rebotaban contra las paredes desconchadas de la vivienda que ocupábamos, yo me escabullía detrás de un sofá o debajo de una cama, cerraba los ojos y me refugiaba en mi sueño. A veces mi hermano también se escondía allí, junto a mí, y se chupaba el pulgar, pese a que mamá le había advertido que ya era demasiado mayor para eso. Sus vértebras me presionaban el pecho; su corazón palpitaba contra la palma de mi mano como el galope de un caballo fugitivo... como mi propio corazón, de tal manera que al cabo de un rato ya no distinguía quién era quién. Quizá por eso él también se incorporó a la fantasía.

Nuestra familia cambiaba mucho de domicilio por aquel entonces, en frenéticas migraciones que nos llevaban de una casa de huéspedes a otra aun más sórdida, al ritmo que mi padre iba quedándose una y otra vez sin empleo. Siempre encontraba otro trabajo porque era un mecánico experto. Tal vez en eso consistía el problema: no le cabía duda de que lo conseguiría. Sin embargo, cada puesto era un poco peor que el anterior y suponía un leve descenso en la espiral en que se había convertido nuestra vida. Nunca hablábamos del tema... no éramos una familia muy dada a conversar. Pese a ello, lo veíamos en la cara de nuestra madre, en la manera en que se interrumpía bruscamente en mitad de una frase y dejaba vagar la vista por la ventana, olvidando que mi hermano y yo estábamos esperando.

Los dos aprendimos ciertas astucias a medida que nos desplazábamos por aquellas pequeñas y calurosas poblaciones industriales del norte de la India que al cabo de un tiempo se confundían en un mismo olor aceitoso y un polvo mugriento que irritaba la nariz. Lográbamos hacernos casi invisibles en el último banco de la clase, sin saber las respuestas a lo que habían preguntado porque habíamos faltado a las clases anteriores o porque no teníamos los libros. A la hora del almuerzo nos instalábamos en el rincón más escondido de la cantina para que nadie viera los *rutis* morenos que mamá nos envolvía en papel viejo. Mirábamos con anhelo —pero de soslayo, para que nadie lo advirtiera— los almidonados uniformes de nuestros compañeros, sus bocadillos preparados con un pan tan blanco que deslumbraba. Cada vez que reían, nosotros nos encogíamos, deslizando la orilla de una falda sobre un muslo morado, o la manga sobre las marcas descoloridas de unos dedos en un brazo. ¿Estarían hablando de nosotros... de que mamá había pedido que le fiaran al *sabji-wallah*, de que el día de pago habían tenido que acompañar a papá del bar a casa? ¿Cuánto tardarían en enterarse de los ruidos que algunas noches estallaban en nuestro apartamento? Aprendimos a peinarnos de tal manera que apenas se veían las cicatrices rojas de la frente; a fijar la mirada en un punto indefinido, fingiendo que no reparábamos en las miradas curiosas; a no pensar en las fútiles huellas dispersas que dejábamos atrás: un libro de cuentos, un perro amarillo sin dueño al que dábamos de comer, un mango perfecto para trepar, las pocas amistades que entablamos antes de comprender que no merecía la pena.

Nosotros, los dos. Así pensaba en mi hermano por aquel entonces, como si formara parte de mí, igual que una pierna o un brazo. Un elemento indispensable, que debía proteger de modo instintivo, tal como uno escuda la cara ante la inminencia de un golpe, sin necesidad de pensar en ello. Mientras me seguía de un lado a otro en silencio (no era un niño hablador), nunca se me ocurrió que él tal vez adoptara una actitud diferente ante nuestra vida —esa cosa torcida y deforme, como una fractura mal soldada— que yo aceptaba porque era lo único que conocía. Quizás ése fue mi primer error.

Cuando yo tenía once años y mi hermano ocho, recalamos en Duligarh, una ciudad petrolera del estado de Assam tan decrépita y descolorida como un cartón que se ha quedado a la intemperie bajo la lluvia. Era un sitio donde abundaban los bares, que mi padre no tardó en descubrir. Un sitio donde era difícil que le fiaran a uno, donde desde el principio la gente nos miró con hostilidad. Yo reconocía que no les faltaba razón. No nos parecíamos a las familias modélicas exhibidas en los carteles de planificación familiar que el ayuntamiento había distribuido por toda la ciudad.

Habían pegado uno de esos carteles en la tapia de detrás de nuestra escuela. Lo recuerdo perfectamente porque me pasé muchas tardes allí de pie, mirándolo con la cabeza muy levantada hasta que me dolía el cuello.

Mi fantasía se alimentó de ese cartel a lo largo de aquellas tardes agobiantes de sudor, extendiendo sus raíces insidiosas, conduciéndome a mis otros errores.

En el cartel, una joven pareja se tomaba de la mano y sonreía mirándose a los ojos, mientras un niño y una niña jugaban a su alrededor. El hombre sostenía un reluciente maletín de cuero. La cadena de oro de la mujer relucía al sol mientras la brisa mecía el borde de su sari rosa. Los niños llevaban zapatos de cuero auténtico, como los que había visto expuestos en la tienda del mercado en Lal Bahadur, brillantes como espejos. «Nosotros dos, nuestros dos», proclamaba el cartel, como si fuera el mantra que garantizara una vida feliz. «Nosotros dos, nuestros dos.» ¿En qué se habían equivocado nuestros padres?

A veces me quedaba mirando el cartel hasta que el cielo adoptaba el apagado tono amarillo del atardecer y mi hermano me tiraba del brazo con exasperación. Vamos, Didi, tengo hambre. ¿Por qué pierdes el tiempo con esa estúpida foto? Él prefería hacer caer las guayabas maduras del huerto que había al otro lado de la calle. Si no quieren, que nadie coja la fruta, no deberían plantar los árboles junto al camino, argüía él con la frente bien alta cuando yo protestaba.

A veces perdíamos el autobús por culpa de ese cartel y teníamos que volver a casa a pie, caminando con esfuerzo bajo el calor, con la ropa pegada a la piel y los libros que cada vez se hacían más pesados, hasta las afueras de la ciudad. Al pasar por el bazar yo sentía las severas y escrutadoras miradas de los vendedores: una niña flaca con el pelo recogido en dos tensas y pulcras trenzas; un niño pringado de jugo cuyas muñecas sobresalían de los puños de una camisa demasiado pequeña ya, caminando con impaciencia unos pasos por delante de su hermana. ¿Nos relacionarían con nuestros padres? ¿Con esa mujer que acudía al bazar al final del día para deambular entre el pescado de escamas opacas y las verduras mustias, con el hermoso rostro semejante a una adelfa de dos colores? ¿Con ese hombre que andaba con aguerrido porte de beligerancia, como un boxeador consciente de que la clave de su supervivencia consistía en no fiarse de nadie? ¿Nos comparaban con la familia del cartel?

En Assam nos instalamos en un viejo bungaló británico que a nosotros dos nos encantaba. Era la primera casa de verdad en la que vivíamos, un largo edificio de una planta construido en las afueras con algún propósito olvidado. Resultaba incómoda porque quedaba lejos de todo (papá tenía una hora en bicicleta hasta la fábrica donde probaba material para perforaciones), pero el alquiler era barato y no había vecinos que nos espiaran. Si mamá se sentía sola durante todo el día durante nuestra ausencia, no se quejaba. Quizá le gustaba disfrutar de ese tiempo de intimidad. Sólo alguna vez refunfuñaba porque la casa se caía a pedazos.

Era verdad. Quizás en sintonía con alguna otra desintegración invisible, el yeso se desprendía en copos que se posaban sobre todas las superficies como una gigantesca capa de caspa. Las ventanas no cerraban bien, de tal forma que en las habitaciones pululaban a su antojo diversos insectos de mirada malévola y acerados aguijones. El techo tenía goteras y cuando llovía, algo frecuente, debíamos circular sorteando los cubos estratégicamente situados. Pese a todo ello, para mi hermano y para mí, la casa era perfecta. Tenía un porche de madera donde jugábamos a las canicas, una bañera con patas acabadas en garras donde mamá vertía agua caliente para bañarnos, una reja con forma de lanza en las ventanas que nos hacían sentir como si habitáramos en una fortaleza medieval.

Lo que más nos gustaba eran las dependencias del servicio, una casita situada en medio del bosquecillo de bambúes que había detrás de la casa. Mi hermano y yo la descubrimos. Cuando se lo comunicamos a mamá, profirió una carcajada de una amargura inusitada. ¡Dependencias del servicio para nosotros!, exclamó con una mueca sardónica. ¡Vaya broma! Durante un tiempo estuvo pidiéndole a papá que intentara alquilarla a uno de los vigilantes de la fábrica, pero al final todo acabó en nada. Quizá vivíamos demasiado retirados, o quizá papá, al que no le gustaba ir por el mundo pidiendo, no llegó a plantear la cuestión. Mi hermano creía que nuestras fervorosas oraciones para que la casita quedara desocupada habían obrado el milagro.

El lugar se mantenía en una fresca penumbra incluso en las sofocantes tardes de Assam porque se encontraba bajo un enorme árbol de una especie desconocida para mí, de grandes hojas redondas. De los techos colgaban telarañas, dispuestas en inteligentes ángulos para cazar a los intrusos, y en la habitación del fondo descubrimos una trampilla que se camuflaba casi a la perfección sobre el suelo de madera y que conducía a un pequeño espacio con el suelo de tierra apisonada, ideal para una prisión ficticia o una caverna subterránea. Nunca revelamos nuestro hallazgo ni lo utilizamos para jugar. Nos bastaba con saber que estaba allí. Limpiamos de polvo un camastro que había en el rincón y lo arrastramos hasta situarlo encima de la trampilla. Después robamos una sábana vieja de la casa. Por las tardes, al volver de la escuela, nos acostábamos en la cama y en la penumbra yo le contaba cuentos a mi hermano.

Fue entonces cuando le hablé a mi hermano de la fantasía. Durante mucho tiempo la había mantenido en secreto por un sentimiento instintivo de privacidad. Sin embargo, algo de la casita me hacía sentir ingrávida e inaprensible, como una mota de polvo que girase despacio en un rayo de luz. Al levantar la mirada desde la cama, las hojas formaban un dosel de manos que mantenían a raya el resto de mi vida. Yo pensaba que mi pragmático hermano se reiría de la fantasía, pero desde el principio fue su cuento preferido, el que debía contarle siempre justo antes de regresar a la casa para ayudar a mamá en las tareas.

Ésta era mi fantasía:

Mis padres vuelven a mudarse. Montan en un desvencijado motocarro cargado de fardos y cajas. Sin embargo, no estamos con ellos porque se han olvidado de nosotros. Desde detrás del bosquecillo de bambúes observamos la partida del vehículo, que arranca dando bandazos, se aleja cada vez más y al final desaparece. Salimos con cautela de la espesura. Sí, se han ido de verdad. Por un momento nos sentimos aturdidos, pero después nos tomamos de las manos y empezamos a girar hasta que el mundo se convierte en un estático torbellino.

La fantasía no está exenta de problemas. El más importante es nuestra madre. Justo antes de subirse al motocarro mira alrededor con incertidumbre, como lo haría un animal, husmeando algo en el aire. (Aunque esto no se lo explico a mi hermano, sé que él también lo ve.)

Me gustaría incluirla en la fantasía, imaginar que ve un retazo blanco —la camisa de mi hermano— entre los bambúes. Entonces entraría en el bosquecillo a investigar y nunca más volvería con mi padre. No obstante, sé que eso es imposible. Sus vidas se encuentran entrelazadas de un modo inextricable y separarlas queda más allá de mi poder. Por eso, con tristeza, la dejo ir.

Nos instalamos en las dependencias del servicio. A estas alturas el bosque de bambú se ha vuelto tan denso que nadie se acuerda de la existencia de esa casita. Yo cocino, limpio y le enseño a mi hermano todo lo que he aprendido en la escuela. Él pesca para los dos en el arroyo que hay detrás de la casita. Obtiene gran cantidad de pescado, parte del cual vendemos en el bazar para comprar arroz, sal y zapatos. Comenzamos a parecernos a los niños del cartel de planificación familiar.

—¿Crees que seré capaz de pescar tantos? —pregunta siempre mi hermano en ese punto, no muy convencido de su pericia con la caña.

—Desde luego —aseguro.

En nuestra fantasía, nadie nos arrastra por el resquebrajado camino de acceso a la casa arañándonos la piel de la espalda con las losas. En el oscuro garaje nadie enciende una cerilla ni nos la acerca a la cara hasta que sentimos su calor en los párpados. En nuestra fantasía, han desaparecido del diccionario secciones enteras de palabras: pavor, pegar, paliza, portazo, padre.

Seguimos viviendo así.

—¿Y cuándo nos hacemos viejos? —plantea mi hermano.

—No envejecemos —le aseguro.

Pero él no queda satisfecho con mi respuesta, así que he de inventar un final para la fantasía.

—Un invierno nieva sin parar.

—¿Nieva? —pregunta mi hermano.

Nunca ha visto la nieve. Yo tampoco, pero en mi libro de geografía hay fotos de las cumbres plateadas del Himalaya. Le explico qué es.

—Un invierno nieva sin parar. La nieve se cuela por las ventanas y las puertas. Cae sobre la cama donde el hermano y la hermana duermen muy juntitos.

—¿Así?

Mi hermano apoya la mano en la mía y descansa la cabeza sobre mi hombro. Una pálida cicatriz cuyo origen he olvidado le surca la mejilla.

—Sí —confirmo.

»La nieve forma un espeso manto que cubre a los dos hermanos. No duele. Nunca más se despiertan. Permanecen dormidos así para siempre.

—Dormidos para siempre —repite mi hermano con aire pensativo mientras regresamos a la casa con la humedad de la tarde.

En la casa desaparecían cosas. Al principio, comida, pequeñas cantidades en las que mi madre ni siquiera habría reparado de no haber escaseado tanto el dinero: un cajita de galletas, un paquete de azúcar medio vacío. Después fueron prendas de ropa: una vieja camisa de mi padre, mi *kameez* verde con el cuello raído. Una manta apolillada que mamá pensaba tirar en cuanto pudiéramos comprar otra nueva.

—¿Lo has cogido para jugar? —me preguntó cuando fui a la cocina para comer algo al llegar de la escuela.

—No —respondí, contenta de no tener que mentir.

Temí que siguiera formulando preguntas más difíciles de soslayar, pero se limitó a sacudir la cabeza con gesto de preocupación y se dispuso a preparar la masa para los *rutis*.

—No lo entiendo —murmuró—. Y eso que no tenemos criada que nos robe. Y ahora se diría que ha empezado a bajar el nivel del arca del arroz.

—Son espíritus, créame —afirmó la tía Lakshmi, la anciana que vendía especias en el bazar, cuando mamá le comentó la cuestión al día siguiente—. Espíritus. Cuentan que el *sahib* que vivió en esa casa hace mucho tiempo... un contrabandista, por lo visto... acabó mal. Se colgó de las vigas del salón. Aquí tiene esta semilla de mostaza. Quémela en una marmita de hierro entonando el nombre de Rama. Eso expulsará al espíritu.

A la tarde siguiente cuando regresamos de la escuela, mamá siguió las instrucciones de la tía Lakshmi. Nosotros la ayudamos con el exorcismo casero, salmodiando y estornudando a consecuencia del humo acre que desprendían con su chisporroteo las semillas de mostaza. No le contamos nada a papá.

Después de eso no se produjeron más desapariciones durante un tiempo. Para cuando volvieron a empezar, mamá tenía problemas más acuciantes.

Papá le había tomado ojeriza al capataz. No era una novedad. En todos los trabajos encontraba alguien a quien odiar, alguien que según él le hacía la vida imposible. (¿Por qué tiene que pelearse siempre con la gente?, preguntó una vez mi hermano. Mamá suspiró y respondió que siempre había sido un espíritu libre, que nunca le había gustado acatar las órdenes de nadie.) A la larga, cualquier observación casual se convertía en la mecha que encendía una pelea o algo peor. En la última ciudad hirió a un supervisor en el brazo y tuvo que intervenir la policía. Después volvíamos a preparar el equipaje, a consultar horarios de tren, a decidir qué cosas íbamos a dejar.

En la cena papá comía con aire sombrío, murmurando imprecaciones contra el capataz, sin fijarse en lo que había preparado mamá. Se aferraba con fuerza al cuello de una botella, que se llevaba hasta la boca trazando un arco reluciente. Mamá le frotaba el brazo, una caricia que a veces lo calmaba. Desde la mesa del rincón donde hacíamos los deberes, veíamos los músculos de su espalda bajo la fina tela de la blusa, agarrotados de tensión. No le hagas caso, evítalo, por favor, le susurraba. Piensa en los niños... apenas han empezado a acostumbrarse al sitio, a ponerse al día en la escuela. Corren malos tiempos, ¿y si no encuentras otro trabajo? Además, ya no eres tan joven...

Algunas noches se limitaba a sacudir la cabeza y respondía: «Tienes razón, mamá, ese chulo de putas no merece que pierda el tiempo hablando de él.» En ocasiones apartaba de un manotazo sus manos suplicantes y gruñía: «Déjame en paz, mujer, no te metas en lo que no sabes.» También había otras noches distintas. «Puta —lo oíamos bramar, y corríamos a confundirnos con las sombras mohosas de debajo del porche—. Yo matándome para alimentaros a todos, y a ti sólo se te ocurre criticarme.» El sonido de una bofetada, el choque de una cacerola contra el suelo, derramando el *dal* que nos habría servido en el almuerzo del día siguiente. Un gemido ahogado. Los dos sabíamos qué se sentía al recibir en un lado de la cabeza ese puñetazo que te hacía perder el mundo de vista un instante. La patada contra las costillas que te dejaba doblado y jadeante en el suelo. Y el dolor. Sabíamos qué era el dolor. La forma en que crecía como un muro de agua para caer sobre ti. Nos agarrábamos de las manos, sin atrevernos a sollozar siquiera, odiándonos por no hacer nada para impedirlo. Conteniendo el aliento, nos sumergíamos en nuestra otra fantasía, la que compartíamos sin siquiera haber hablado de ella ni una vez, aquella en la que nuestro padre estaba muerto, muerto, muerto.

Nunca le pregunté a mamá por qué no lo dejaba, aunque muchas veces me extrañaba que no lo hiciera. ¿Por qué no huía y nos llevaba con ella al pueblo de sus padres? A veces lo describía melancólicamente como una pacífica aldea de chozas sombreadas por cocoteros de color esmeralda y llenos de trinos de pájaros. (Entonces aún ignoraba que mi madre se había fugado con papá y, según la tradición india, ella misma se había cerrado para siempre el camino de regreso.) ¿Era porque temía que papá fuera demasiado poderoso? ¿Imaginaba que él olfatearía nuestro rastro, a la manera de los ogros de los cuentos? No. Había algo más, algo que no lograba expresar con palabras, algo relacionado con los anchos hombros de mi padre, con los músculos que se ondulaban en sus brazos como serpientes juguetonas cuando nos levantaba en vilo, con la seguridad que nos proporcionaba cuando nos tenía bien alto en el aire, con la forma en que nos hacía olvidar. Quizás era el sol entrelazado en su cabello negro y espeso, el fresco aroma a *ritha* que desprendía los días de fiesta, cuando mamá se lo lavaba. De repente empezaba a cantar (había tomado clases de canto, según decía mamá), dando rienda suelta a su vozarrón, que subía sin la menor vacilación —*Mehbooba, Mehbooba, mi tierno amor*— hasta topar con la parte de letra que había olvidado. Entonces se echaba a los pies de mamá a la manera de los protagonistas de las películas en hindi, con los brazos en cruz, hasta que ella no contenía más la risa. O bien llegaba a casa con un paquete atado con la cinta roja que suelen emplear en las tiendas de saris. Entonces la atraía hacia sí y se lo depositaba en las manos. Y mientras mi madre deshacía los nudos con pulso trémulo y el rubor se extendía por sus mejillas (mi madre tenía una tez muy clara, en la que fácilmente aparecían morados), él la besaba en la coronilla o jugaba con las puntas de sus largas trenzas.

Una vez me desperté de madrugada y fui a por un vaso de agua a la cocina, y los encontré sentados junto a la mesa, de espaldas a mí. Quizá fuera una de las ocasiones en que nos cortaron la luz por impago, porque entre ambos había un pequeño quinqué encima de la mesa.

—Shanti, sólo te he hecho infeliz. A veces preferiría que no nos hubiéramos conocido nunca, o que estuviera muerto —dijo mi padre con un hilo de voz.

En la pared su sombra se inclinó con angustia sobre la delgada silueta de ella. Mi propia estampa de la Bella y la Bestia. Mamá le cubrió la boca con la mano y su voz también brotó estrangulada:

—Chis, Swapan —murmuró, empleando por primera vez su nombre ante mí—, no digas eso. ¿Cómo iba a vivir yo sin ti?

Intenté retroceder sin hacer ruido, cuando papá me vio. Perdí el aliento. Ahora se pondrá furioso. Lo he estropeado todo. En cambio él extendió el brazo hacia mí y cuando me acerqué, me sentó en su regazo y me acarició el pelo. Sus dedos eran torpes debido a la falta de costumbre y los cabellos se enganchaban en su piel áspera, pero yo no quería que parara. Mamá reclinó la cabeza en su hombro. A la vacilante luz de la lámpara, sus facciones resultaban angulosas y hermosas. Tenía los ojos cerrados, como si rezase. Aspiré el olor de los dos —el tabaco Teen Patt de él, el dulce jabón Neem de ella— y de esa forma averigüé algo acerca del amor, de su complejidad, de la necesidad de creer que provoca.

De regreso de la escuela, vi el baúl negro en nuestra habitación. Estaba abierto y alguien había metido dentro parte de nuestra ropa, que formaba pequeños bultos en el fondo. Al verlos, las lágrimas acudieron a mis ojos.

Fuimos en busca de mamá, que estaba en la cocina vaciando el destartalado armario de tela metálica donde guardaba las especias.

Nos marcharíamos al cabo de dos días, anunció. No añadió ninguna explicación; nosotros tampoco preguntamos. Advertí nuevas arrugas en las comisuras de los ojos y los labios, como si alguien le hubiera levantado la piel de la cara, hubiera hecho una pelota con ella y luego se la hubiera vuelto a colocar con mucho cuidado. Regresamos a nuestra habitación, y yo vacié el baúl para llenarlo de forma adecuada: primero los zapatos y los libros, y encima la ropa pulcramente doblada, tal como había aprendido de las veces anteriores.

—Ven a ayudarme —le pedí a mi hermano.

Sin embargo él se quedó tumbado en la cama, contemplando las grietas del techo, hasta que oscureció y cesó el canto de las cigarras. Sólo habló en una ocasión, cuando intenté hacer su equipaje.

—No toques lo mío —me advirtió.

En su voz reconocí una contundencia inapelable, como la de un adulto.

Cuando desperté por la mañana, se había ido.

—¿Dónde está? —repitió mi padre, gritando.

Un salivazo surgido de su boca aterrizó sobre mi mejilla y me encogí de modo involuntario.

— Deja en paz a la pobre niña. La voz de mamá brotó desde atrás, sobresaltándome por su inusitado volumen. Su pelo, liberado del pulcro moño habitual, le rodeaba el rostro como una maraña. Llevaba el sari manchado de barro de la zanja de detrás de la casa, donde había estado buscando, llamando a mi hermano a voces. En sus ojos advertí una mirada extraviada—. Lleva todo el día diciéndote que no lo sabe. ¿Por qué no vas con la bicicleta a la estación de autobús del bazar y preguntas si alguien lo ha visto?

Respiré hondo y me envaré a la espera de la reacción, pero tal vez papá estaba tan desprevenido como yo, porque se limitó a montar en la bicicleta y se marchó.

Una vez hubo desaparecido tras el recodo la silueta de mi padre, negra y trémula sobre la puesta de sol, mi madre se dejó caer en el suelo de la cocina. Lo hizo de manera espasmódica, por fases, como si en su interior se estuvieran partiendo uno por uno toda una serie de muelles. Rodeada por las baratas cacerolas de aluminio y los platos desportillados que resumían su vida, escondió la cara en las manos y se echó a llorar. Era un sonido que me evocó el ruido de la tela al ser desgarrada. Ni siquiera la vez en que tuvo que ir a la clínica para que le encajaran los huesos del brazo había llorado de esa forma. Yo me acerqué, la abracé y me asaltó la sensación de que mi pecho también se desgarraba. Entonces estuve a punto de decírselo.

Mamá levantó la vista como si me hubiera leído el pensamiento. Ya no lloraba.

—Tú sabes dónde está, ¿verdad? —Me agarró por los codos—. Dímelo, por favor. —Era como si la voz se le hubiese atascado en la garganta y se abriera paso entre piezas rotas—. No permitiré que papá le haga daño, te lo prometo.

Me mordí los labios porque no quería hacerla sufrir más, pero no pude contenerme.

—Siempre lo has permitido —repliqué—. ¿Por qué va a ser distinto esta vez?

Una emoción cruzó el rostro de mi madre. ¿Sería pena? ¿Una nube de vergüenza? Suspiró, como si se preparase para un viaje bajo el agua, y después me tomó la cara entre las manos. Tenía las uñas rotas y sucias de barro, pero los dedos eran largos y frescos.

—Protegeré a mi hijo —susurró—. Lo juro por el alma de mi madre muerta.

Entonces la creí, aunque no había respondido a mi pregunta. Quizá fue porque no era una mujer que hiciera promesas a la ligera. O tal vez porque su cara se parecía mucho a la de mi hermano, con aquellas mismas cejas rectas, los mismos lunares dispersos por los pómulos: la cara que yo más quería en el mundo, después de la de él. O quizá porque al fin, con la negrura de la noche que se abatía sobre nosotros, había reconocido lo que una parte de mí siempre supo: las fantasías nunca se hacen realidad.

Estaba donde yo suponía: acurrucado en el rincón más alejado del espacio subterráneo que mis padres habían pasado por alto en su somera inspección de la casita del servicio. (No imaginaban que hubiese elegido un escondrijo tan evidente, tan cercano a la casa.) Cuando retiré la cama y levanté la trampilla, sus ojos lanzaron un destello de fiera bajo el haz de luz de la linterna de mamá. Alrededor de la boca tenía migas de las galletas que se había comido. Sobre los hombros se había echado la manta vieja que había ocultado tiempo atrás, convencido del poder de la imaginación. Le tendí la mano para ayudarlo a subir, pero él se agazapó con una expresión de intenso odio.

Mamá llevó a mi hermano en brazos hasta casa, aunque ya pesaba demasiado para ella, abrazado contra su pecho como si fuera un bebé. Me pidió que caminara delante, para que no oyera lo que le murmuraba. Al llegar a la cocina, él había dejado de forcejear. Incluso esbozó una leve sonrisa cuando mamá nos preparó puré de arroz y plátano con leche caliente y azúcar, su plato preferido de pequeño.

Justo empezábamos a comer cuando oímos a papá. Atravesó el porche despacio, haciendo ruido, y en una ocasión pareció como si hubiera chocado contra la pared. Nos quedamos paralizados: mi hermano y yo frente a la mesa, con la cuchara en el aire, mamá frente a la tabla sobre la que cortaba plátanos. Luego él apareció en la cocina y su enorme sombra se proyectó sobre la mesa, entre mi hermano y yo, mientras a sus espaldas la puerta golpeteaba debido a la patada con que la había abierto. Su vozarrón me llenó y el eco rebotó hacia fuera de tal forma que creí que iba a reventar.

El resto son recuerdos fragmentados, retazos en blanco y negro que aún hoy siguen presentándose sin previo aviso, interponiéndose en mi visión, obligándome a abandonar lo que esté haciendo. Esta vez te la has ganado, renacuajo de mierda. Golpe violento de la hebilla de un cinturón tras deslizarlo por las presillas. Mi hermano corre hacia mi madre. Seguramente se ha escondido detrás de ella, porque ha desaparecido y en su lugar veo las manos de mamá, que las apoya en el pecho de papá con los dedos extendidos. Tiene la boca abierta, grita algo, está en el suelo. El cinturón surca el aire formando un arco perfecto, pausado. Ahora es una cobra que ataca a mi hermano con su colmillo de metal y le desgarra la mejilla justo debajo del ojo izquierdo, llevándose un tira de carne, tras la cual estalla la sangre. Un chillido débil que se repite una y otra vez. Mamá, lo has prometido, lo has prometido... Mamá me quita de en medio, se aferra a la tabla para levantarse. Aprieta la mano en torno al cuchillo. Ahora la voz vuelve a chillar. Escucho. No controlo la voz, que reconozco vagamente como la mía. Papá se vuelve. La hebilla del cinturón se abate sobre la muñeca de mamá. Un crujido, como de una rama partida. Oigo el cuchillo que rebota en el suelo, produciendo unidades de sonido distintas, inconexas. Un sonido, entre resoplido y jadeo, que se revuelve sobre sí mismo. Deben de estar los dos en el suelo, forcejeando para cogerlo.

De todas formas, no sé bien lo que ocurre, porque me he vuelto para mirar a mi hermano, que corre, que ha salido por la puerta, ha atravesado el porche y se ha adentrado en el bosquecillo de bambúes. La oscuridad lo acoge... codos y rodillas, manos, nuca. Sólo la camisa reluce a la luz de la luna como la nieve que habíamos imaginado juntos; luego desaparece entre las sombras y más adelante emite un brillo más débil. Esta noche hay luciérnagas por todas partes, puntos brillantes que se confunden en un cieno luminoso. Quizá desaparecer sea lo mejor, lo más parecido a ser olvidado. ¿Lloro de felicidad porque él ha escapado, al menos de momento? ¿O es porque lamento ese débil grito (mi error definitivo) que brotó de mi boca como una flecha de sangre? ¿Es porque sé que no puedo marcharme con él? ¿Porque dentro de un momento yo (digna hija de mi madre, atada al fin y al cabo por sus genes de lealtades inoportunas) debo volverme hacia lo que me aguarda a mis espaldas, intentando incorporarse con respiración jadeante? Lo único que sé es que así recordaré a mi hermano: un retazo de blanco que disminuye hasta confundirse con los bambúes que se estremecen a su alrededor y con las luciérnagas que se mecen sobre él con su frágil e intermitente luz.

El período de floración de los cactus

Para llegar a California debía atravesar el desierto. Aunque eso no es exacto. El desierto, de hecho, formaba parte de California o, como llegué a pensar más adelante, constituía la parte principal de ese estado. Tierra parda, cielo pardo, colinas como pechos pardos. El autobús de la Greyhound daba bandazos a causa del viento, aunque tal vez fuera el conductor, que estaba algo dormido. Me deslicé sobre el gastado vinilo del asiento, que estaba rajado. Por lo visto un pasajero había tenido que esconder algo a toda prisa. O acaso estuviera buscando algo. O simplemente estaba aburrido y necesitaba oír el ruido duro y definido del hule al rasgarse, el controlado movimiento del cuchillo hendiendo la monótona superficie color oliva. Me deslicé del todo y me golpeé la cabeza contra la polvorienta ventana, pero no me hice daño porque ya lo había previsto y me había preparado. Era rápida, sí, porque sólo los rápidos sobreviven. O los afortunados... pero ya la vida me había demostrado que ése no era mi caso.

En ese momento atravesábamos las dunas, la arena ondulada en miles de líneas en cursiva, escritas en un alfabeto peligroso. Por todas partes, la mica relucía como una infinidad de ojos. En lo alto, los buitres esperaban para cernirse sobre criaturas más menudas que correteaban, indefensas. Me encantaba. ¿Cómo resistirme? Anhelaba subirme a lo alto de la duna más elevada. Anhelaba experimentar una transformación radical.

Una parte de la atemorizada dureza que se había instalado en mi interior se fundía con el calor del desierto. Por primera vez desde que llegué a Estados Unidos.

Sentí el inicio de un cambio que iba a identificarme con todas las palabras que me gritó mi cuñada dos días atrás, mientras yo hacía el equipaje en su casa de Dallas. Egoísta, sí. Desagradecida, sí. Interesada sólo en mi propio placer. Iba a ser todo eso.

Y me dirigía a California.

Primero me sumergí en la exuberante, sudorosa y multitudinaria Bombay, las torrenciales lluvias monzónicas que barrían mi ciudad natal, las glotonas calles inundadas que succionaban los tobillos. En cada esquina los enormes carteles prometían amores románticos, una oscura sala de cine con aire acondicionado y Amir Khan en tus propios brazos... o Madhuri Dixit, según las preferencias. Toda la pasión que uno deseara sin ninguna de las consecuencias. Por la noche el blanco océano, engalanado con el collar de luces de Marine Drive, se mecía sólo para ti.

Todo lo que había amado, y luego odiado.

La gente pensaba que me había ido a Tejas porque mi hermano mayor era el único pariente que me quedaba. El verdadero motivo era que necesitaba algo radicalmente opuesto a Bombay. De lo contrario, ¿cómo iba a soportar los recuerdos, la ardiente ciudad de después de los disturbios? Hindúes y musulmanes, ese inexplicable frenesí, el humo que ascendía como una masa sólida en un centenar de columnas. En la calle, gritos de mujeres cuyos acentos no se distinguían del mío. El olor del depósito de agua en la terraza donde me había escondido mi madre.

¿Qué imaginaba? Un paisaje abierto, la polvareda levantada por los rebaños que regresaban al redil. Surtidores de petróleo iridiscente. Pumas. Vaqueros de rostro sonriente y curtido, y ojos azules como zafiros. Sus besos serían duros e inocentes. Por la noche los cohetes despegarían hacia la Luna dejando una estela más luminosa que la de cualquier meteoro.

Lo que encontré fue una vivienda adosada de dos dormitorios idéntica a otras cien, con un cuadrado de césped del tamaño de un pañuelo, medio agostado porque el agua era demasiado cara.

—Cuando estemos seguros de que a tu hermano no lo van a despedir, pondremos piedras —me dijo mi cuñada, que al principio se mostró muy amable—. Ven, Mira, iremos juntas al centro comercial.

Era yo quien se equivocaba, con mi desesperada mitificación de América. Sin embargo, le achaqué a ella la culpa de mi decepción. A ella y a mi hermano. Lo culpé por su paciencia, por su carrera de segunda categoría, por sus hombros hundidos, su aire de disculpa. Su carta en la que me pedía que fuera a vivir con él. «La India no es un país seguro, ya os lo dije muchas veces a mamá y a ti. Y más ahora, que estás soltera y sola.»

El autobús se detiene con una sacudida. ¿Cuántas horas? Es una tarde gris, un viento gris pasea envases del Burger King por un descuidado parque. Las gaviotas dan vueltas en lo alto, chillando, aunque no advierto señal alguna de agua. Veo pintadas sobre unos muros desconchados, rejas de protección en el escaparate de una tienda.

—Sacramento —grita el conductor, y yo me apeo.

Anochece ya cuando localizo el restaurante de Malik. La luz se ha desvanecido, dejando charcos de tinta bajo los ojos de los transeúntes, en los callados huecos de sus gargantas.

En Bombay, antes de los disturbios, la oscuridad caía de forma espectacular, alegre, en picado.

Soy consciente de la futilidad de establecer comparaciones. El presente es todo lo que tengo. Pero me duelen los pies, las correas de la mochila se me clavan en los hombros y el zureo de las palomas que se retiran a dormir es el roce del sari de mi madre.

—¿El *malik-ji*? —dice el encargado, que se limpia los dientes con un palillo detrás de la caja—. Sí, sí está. Tiene suerte. Ahora viene muy poco por el restaurante. —Echa una ojeada a la nota que mi hermano insistió en darme—. No sé si querrá hablar con usted. Mucha gente acude a él asegurando que es pariente de algún pariente.

El aire es puro comino y cilantro, un olor pardo tostado. Deben de estar friendo *samosas*. Mi madre preparaba unas *samosas* de primera, sabrosas y crujientes.

«Pon el relleno con cuidado, Mira —advertía—. Moja los bordes de la masa y pellizca las puntas, así no quedan burbujas.»

Sin embargo, yo nunca tuve paciencia suficiente para ello.

—¿He dicho yo que fuese una pariente? —Dejo rebotar mi voz en el techo en penumbra. Siento la cabeza como un globo de aire caliente—. Busco trabajo. Si no tienen, lo intentaré en otra parte.

Los pocos comensales que cenan a esa hora se vuelven a mirar.

—Uy, qué genio —exclama el encargado, jocoso—. Acabas de llegar de la India, ¿no? Una semana en las calles y se te bajarán los humos. Siéntate ahí, donde no hay nadie, e iré a preguntar si quiere recibirte. Eh, Priya, sírvale un *chai* a esta *bahinji*.

Me instalo en el sector de banquetes del restaurante, decorado con terciopelo marrón y espejos, cortinas con gruesos cordones dorados y moqueta de lujo. Desearía sentir desdén. En nuestro salón de Bombay había una alfombra de Srinagar, de cien años de antigüedad, que había pertenecido a mi abuelo, con unos dibujos difuminados semejantes a un relumbre de joyas entre la niebla. En cambio esta moqueta americana resulta tan blanda, su historia es tan cándida —como la hierba reciente— que no puedo evitar dar un traspiés.

Una joven con sari de color púrpura y trenzas me trae el té. Sus ojos negrísimos se fijan en mis vaqueros arrugados, mi camisa más bien sucia, mi pelo recogido en un moño, e incluso —estoy segura— en la enorme ampolla que se me está formando en el talón del pie izquierdo. Se dispone a decir algo, pero alguien grita su nombre y ella se va esbozando una breve sonrisa. La puerta de la cocina se abre impulsada por su mano y antes de cerrarse deja salir un torrente de carcajadas femeninas, una pregunta que podría ser «¿Quién es?» o «¿Qué quiere?» tal vez, los viejos olores conocidos y los límites que en un tiempo prometían. El chisporroteo de las semillas de mostaza, el brillo verde de los pimientos que se asaban en el *kurhai* de mi madre. Ya no me siento peligrosa como el desierto, sólo cansada y, de nuevo, atenazada por el miedo.

El depósito de agua de nuestra casa de Bombay olía a cauce de río, a herrumbre, a metal recalentado al sol y a agua estancada. En su interior hacía más frío de lo que había previsto, un frío estremecedor, y hasta el menor ruido rebotaba con estruendo contra mis oídos.

Era una suerte disponer de un depósito de agua. Lo había instalado mi abuelo mucho tiempo atrás, cuando aún estaba permitido. Criado en los pueblos de Bengala, donde abundaban los lagos, le gustaba tomar baños prolongados. Para nosotros representaba que cuando cortaban el suministro dos veces por día, disponíamos de agua para cocinar y beber.

Lo mejor de todo era que las casas de los alrededores no tenían depósitos. Así a los alborotadores no se les ocurriría mirar en la terraza, aseguró mi madre. Por su voz deduje, no obstante, que se trataba más de una esperanza que de una certeza.

El depósito no era grande. Habríamos, sin embargo, cabido las dos. Cuando se lo comenté, mi madre negó con la cabeza.

—Tengo que cerrar la casa desde fuera —adujo—. Así tal vez crean que no hay nadie.

—¿Adónde irás? —pregunté.

—He vaciado el depósito hasta la mitad —dijo—, pero es posible que necesites el resto del agua. Menos mal que esa vieja tapa no cierra del todo, porque de esta forma tendrás aire suficiente. No salgas bajo ningún concepto. Ten un poco de fruta, es lo único que no se estropeará ahí adentro. No te la termines toda de golpe. ¿Quién sabe cuándo...?

Oímos gritos a lo lejos, un retumbo como de maquinaria pesada. Quizá fueran cañonazos. Percibí cierto olor a aceite quemado.

Mi madre me empujó al interior del depósito y me entregó un plátano y dos naranjas. Me acarició el pelo brevemente.

—Dios te bendiga —dijo.

Yo pensé en replicar: «¿Quién? ¿El dios que permite que nos ocurra esto a nosotros, a esta ciudad?» Y también: «¿Y si incendian la casa?» Y protestar: «Nada de esto habría pasado si hubiéramos aceptado la invitación de mi hermano y nos hubiéramos ido a Estados Unidos cuando murió papá.»

Si de algo me alegro ahora, es de haber guardado silencio.

Me comí el plátano esa noche. A la tarde siguiente me comí las naranjas. Para entonces los gritos casi habían cesado. Dejé caer las mondas de la mano y me dediqué a observar como flotaban y luego se hundían despacio hasta el fondo del depósito. Trituré las semillas con los dientes como si su amargo sabor pudiera proporcionarme algún alivio. Durante largo tiempo, el aire saturado de humedad del depósito olió a naranjas y a lágrimas.

—No te gustará trabajar para mí, al menos no mucho tiempo —dice Malik con su voz resignada y realista—. Eres demasiado instruida, demasiado inteligente, lo veo en tu cara...

Cuando mi hermano me habló de su imperio de restaurantes, tiendas y bloques de apartamentos, me lo imaginé como el Seth Ramchand de la India, corpulento, vestido con una chaqueta estilo Nehru demasiado almidonada, con un puro en la mano y una sortija de diamantes en cada dedo. O, dado el contexto americano, tal vez como un maleante de más clase ataviado al estilo Armani. (¿Quién sino un delincuente podría amasar con tanta facilidad la fortuna que eludía de forma constante a mi hermano?) Los guardaespaldas rebullirían al fondo de la limusina de la que él descendía con gafas oscuras. En cambio aparece ante mí un hombre apuesto, no demasiado alto, con una formal camisa azul de las que venden en cualquier gran almacén y un discreto corte de pelo. (Tiene una limusina, pero eso no lo descubriré hasta más tarde.) Lleva un bigote pulcro y anodino, como los he visto a millares en las calles de Bombay.

—También eres demasiado guapa —añade Malik.

De improviso en su mirada descubro un brillo en absoluto discreto ni formal.

Cuando anuncié mi intención de irme de Dallas, mi hermano hizo todo lo posible por impedirlo. Me explicó los peligros que entrañaba que una chica viajara sola por Estados Unidos. «Peligros» era una de las palabras favoritas de mi hermano. En eso se parecía a todos los hombres que nunca han vivido la realidad de este término en carne propia. Intentó engatusarme, recurrió a ruegos, me prometió que me pagaría un curso en la universidad local. Intentó minimizar los daños.

—¿Por qué tiene que ser California? Ve mejor a la Costa Este, si lo que quieres es movimiento. Tengo amigos en Nueva Jersey, padres de familia serios que te acogerán con los brazos abiertos.

Al final me dio la dirección de Malik en Sacramento. Él y mi hermano habían estudiado juntos en la universidad durante un breve período de tiempo, antes de que Malik dejara la carrera para montar su primer restaurante. Ahora mantenían una relación superficial, se enviaban tarjetas por Diwali, se informaban de los nacimientos de los hijos respectivos y de los cambios de domicilio.

Mi hermano no paró hasta que acepté: Muy bien, iré a Sacramento en lugar de a Los Ángeles. Pese a ello no quedó del todo conforme.

—Mira que dejarnos así para ir a vivir por tu cuenta —se lamentó en la estación de autobuses mientras me entregaba la mochila con un suspiro—. ¡A mamá no le habría gustado nada! Ay, por lo menos Malik estará allí en caso de que tengas problemas. Pero mejor será que...

Lo dejé atrás sin responder. Sentía la cara como si alguien me la hubiera frotado con papel de lija. ¿Qué derecho tenía a hablar de mi madre? No era él quien la había buscado por las calles impregnadas del hedor a queroseno y carne quemada, gritando su nombre. No era él quien había recorrido las comisarías con su foto, para escuchar por boca de los extenuados policías que había demasiadas personas desaparecidas y que les resultaba imposible llevar la cuenta de todas.

—Quizá vale más que no la encuentre —me dijo por fin un inspector.

Seguí mirando hacia el otro lado para no ver la ventanilla de cristal ahumado del autobús, el brazo que mi hermano agitaba en un gesto de despedida, el pliegue de preocupación de su entrecejo, simple como la línea dibujada a lápiz por un niño. De todas formas, alcancé a oírlo pese al ruido que produjo el motor al arrancar:

—... tengas cuidado con Malik... tiene mala fama.

Tomo asiento en un extremo del gastado sofá que ocupa buena parte de nuestra sala de estar y observo a Priya, que hace pruebas de maquillaje. Se pinta con un lápiz de labios Scarlet Madness y esboza un puchero ante el espejo que sujeta en la mano. Parpadea con las pestañas realzadas con rímel. Está practicando, porque pronto va a casarse. El pelo, libre de su trenza ahora, le cae sobre el pecho izquierdo.

Malik me ha dado trabajo en el restaurante —voy a hacer de cajera, en el turno de mañana, hasta que adquiera soltura suficiente para la mayor afluencia de clientes de la noche— y una habitación en un edificio de apartamentos del que es dueño en esa misma calle. El alquiler, que se deducirá de mi paga, es aceptable. Me permite comer gratis en la cocina del restaurante, si lo deseo.

—Es un hombre justo, hay que reconocerlo —comenta Priya mientras cambia de sitio en el sofá, tratando de encontrar un lugar que no se hunda. Lleva un batín recatado, de cuello cerrado y manga larga. Malik la había llamado a su oficina para anunciarle que iba a alojarme en su apartamento, dado que le quedaba un dormitorio libre. A mí no me habría hecho ninguna gracia la intrusión, pero a ella no parece importarle—. Y amable también. Resulta increíble que corran tantos rumores sobre él.

Inicia una pausa, con la boca abierta en actitud expectante, hasta que pregunto cuáles son los rumores.

Escucho vagamente mientras habla de tratos bajo mano con depósitos de mercancías, un socio que murió de manera demasiado oportuna, sobornos exorbitantes pagados a Inmigración a fin de que no revisen con demasiado rigor los permisos de residencia de sus trabajadores. Un encargado que lo contrarió y acabó desapareciendo, ni siquiera su familia sabía dónde se encontraba. Y luego, el asunto de su segunda mujer.

Priya se ha subido las mangas hasta el codo. Sus brazos asoman, suaves y gordezuelos, cuando los estira con languidez. Se desabrocha los dos botones del cuello de la bata —es una noche calurosa— y se abanica con un número atrasado de una revista dedicada al hogar. El húmedo brillo de su piel me turba. ¿Por qué? En mi país, no es tan raro que una mujer se desnude delante de otras. De niña vi mujeres desnudas muchas veces, en los vestuarios que hay junto al mar, y no les presté más atención que a los destartalados percheros donde colgábamos los saris.

—La conoció en un viaje que hizo a la India... ¡por casualidad, justo como en las películas! Había ido al pueblo de su primo a una boda y la vio entre los invitados. Le gustó tanto que se casó con ella esa misma semana y ni siquiera pidió una dote. Los padres de la chica estaban encantados, porque sabían lo rico que era. Lo malo fue cuando llegó aquí: se enteró de que ya estaba casado, que incluso tenía hijos. Por eso intentó suicidarse. Se cortó las venas en este mismo edificio... él la había instalado en el piso de arriba, en el mejor apartamento. Fue terrible: llegaron ambulancias, vino la policía, y todos estábamos muertos de miedo.

Muchas mujeres se suicidaron después de los disturbios de Bombay. El hecho causó conmoción, pero no sorpresa. «Durante siglos de generaciones de mujeres hindúes —comentaba el editorial de un periódico hindú—, ésa ha sido la salida honorable. ¿Recuerdan a la reina Padmini de la antigüedad, que prefirió arrojarse al fuego junto con las mujeres de su séquito antes que convertirse en la concubina del musulmán que la había hecho prisionera?»

En la Bombay moderna, el método más común era ahorcarse con un sari. Las que estaban bien situadas y disponían de dinero suficiente compraban somníferos. Unas pocas se adentraron nadando en el océano.

—Por suerte no murió —continúa Priya. Su voz vacila al pronunciar estas palabras, como si dudara de su acierto—. El *malik-ji* debió de sentirse muy culpable, porque puso todo el edificio a su nombre. Ahora pertenece a su segunda mujer. Dicen que vale un millón y medio de dólares, quizá más. Yo creo que la quiere de verdad, pero claro, le resulta imposible divorciarse de su primera mujer por los hijos. Todos los viernes por la noche manda la limusina a buscarla... oh, deberías verla, he oído que incluso tiene tele y nevera. Entonces ella baja por las escaleras con un sari de seda, adornada con diamantes y nardos en el pelo, guapa, pero con un aire triste, como Jaya Bhaduri en *Silsisa*. ¿Recuerdas la escena en que se entera de que Amitabh ha tenido un lío con Rekka? Ya lo verás cuando la conozcas...

Mi madre también se ponía nardos. Después de la muerte de mi padre renunció a esa costumbre, pues la consideraba una muestra de vanidad. De todas formas colocaba cuencos llenos de fragantes nardos en las mesas y alféizares, para ofrecer su fresca blancura a las visitas, llegadas del bullicio de la ciudad. Las pocas veces que me permito pensar en ello, me gusta creer que mi madre fue una de las mujeres que eligieron adentrarse nadando en las aguas del mar.

—Faltan sólo dos meses para mi boda —anuncia Priya mientras se dispone a desmaquillarse—. Él se encuentra en la India. Mis padres lo han organizado todo. Yo he estado ahorrando para el ajuar.

Mi madre habría nadado en la cálida agua salada —lo habíamos hecho juntas muchas veces— que empapaba su sari hasta hacerlo cada vez más pesado. Quizá se habría desprendido de la tela dejándola partir para moverse con más libertad. Las olas eran de plata, igual que los peces voladores. La mecieron, le cantaron al oído. Tras ella disminuía la masa carbonizada de la ciudad, el terror y la pérdida. ¿Se volvió para mirar nuestra casa?

—¿Y tú? —pregunta Priya—. ¿Para qué ahorras?

No respondo.

—Da igual —prosigue Priya, dándome una afable palmada en el hombro. Los labios le brillan como ciruelas húmedas—. Todo se arreglará, ya verás. Eres muy bonita, seguro que enseguida encuentras marido.

Los problemas comenzaron más o menos un mes después de mi llegada a Dallas, en casa de mi cuñada. Aunque antes ya se habían producido algunos avisos. Consultas en voz baja por los rincones en las fiestas, conversaciones telefónicas que cambiaban de tema cuando yo entraba en la habitación. Miradas calculadoras. Preguntas formuladas al azar, irritantes como picaduras de hormiga.

—Mira, cariño, ¿qué te ha parecido el señor Advani, el hombre de la camiseta Adidas marrón que nos ha servido las bebidas? ¿Verdad que es muy atento?

—¡Qué divertidos son los chistes de Ashok! ¿No te parece, Mira? El del *sardarji* de hoy... ah, me he reído tanto que me dolían los costados.

—Sí, ha sido muy amable —confirmaba yo—. Ese chiste era gracioso.

Después me retiraba a mi habitación.

Ese día, justo al comienzo de la cena, mi cuñada anunció:

—Mira, a que no adivinas lo que ha pasado esta tarde. Arpan Basu ha llamado a tu hermano al trabajo. ¡Quiere casarse contigo!

Esperaba exaltación, júbilo, azoramiento cuando menos: Arpan era un buen partido; dirigía su propia empresa, algo relacionado con limpieza de cuartos de baño.

—No quiero casarme —contesté.

—¿Por qué no? —se extrañó mi cuñada—. Bueno,

estoy de acuerdo en que empieza a quedarse calvo, pero ¿qué importa eso, si está tan entusiasmado contigo?

No respondí.

—Vaya, ¿piensas que no está a tu altura, ni él ni ninguno de nuestros amigos?

—Por favor... —intervino mi hermano.

—Pero bueno, si no pretende casarse, ¿qué es lo que quiere? —le preguntó mi cuñada a mi hermano—. Si al menos se dedicara a una profesión importante, en lugar de vender cazuelas y sartenes en Sears....

—Por favor —repitió mi hermano, apoyando la mano en su brazo—. ¿No te acuerdas de los apuros que pasaste al llegar aquí? Ha sufrido mucho. Necesita tiempo.

Mi cuñada se mordió el labio y guardó silencio. Cuando volvió a hablar, su voz sonaba distinta. Por un momento me mostró que la vida de cada uno transcurre a una profundidad que los desconocidos nunca alcanzar a sondear. Y eso es lo que éramos nosotras dos: desconocidas.

—Por desgracia el tiempo no espera a que las mujeres se recuperen —prosiguió mi cuñada—. Es cierto que hoy por hoy no le faltan pretendientes, pero ¿quién sabe qué ocurrirá mañana?

Los observé sentados frente a mí en la mesa: un hombre de pelo entrecano, y una mujer más bien rolliza. Su intención era buena. ¿Cómo explicarles que cuando pensaba en la posibilidad de que un hombre me tocara, me sentía inmersa en el olor del depósito de agua: humo y metal corroído? Abajo, en las calles, las mujeres forcejeaban llorando, con las blusas desgarradas, los cuerpos inmovilizados allí mismo, en el polvo de la calzada, mientras la multitud daba gritos de ánimo.

—Un matrimonio quizá la ayudaría a superar lo ocurrido —añadió mi cuñada.

Esa noche, en mi habitación de la casa de mi hermano, tomé el atlas de Estados Unidos y lo abrí por la palabra que relucía en el borde del continente. California.

Mi madre y yo habíamos hablado de California tras la muerte de mi padre, cuando recibimos la primera de las cartas en que mi hermano sugería que fuéramos a vivir con él. Mandó unas postales de un viaje que habían hecho a Los Ángeles: Hollywood, Universal Studios, un paseo en noria ante un océano rutilante hasta lo imposible. Una de las postales, titulada «Mojave», mostraba un paisaje de destellantes rocas y cactus.

—Si me gustara viajar —comentó mi madre—, iría una vez, aunque sólo fuera para ver California. Dicen que allí todavía hay oro en el desierto y que las playas son más hermosas que las nuestras de Bombay.

Nos miramos y nos echamos a reír con incredulidad. ¿Oro en el desierto? ¿Playas más hermosas que las de Bombay?

Cerré el atlas y volví a recostarme en la almohada, buscando su frágil consuelo. Eso era lo único que me quedaba, frágiles consuelos: algo blando bajo la cabeza, un posible destino.

A lo largo de la última noche que pasé en casa de mi hermano, California fue el resplandor que permitió cada contracción de las cavidades mi corazón.

A la mañana siguiente de que Priya me cuente la historia de la segunda esposa de Malik, me topo con ella. Estoy a punto de salir de paseo. La mujer está vaciando un apartamento que alguien ha dejado libre e intenta sacar un sillón roto por la puerta.

El sol aún no está alto. La brisa conserva su frescor. Varios jirones de nubes flotan como una cenefa de encaje en el cielo. La veo vestida con unos vaqueros viejos y con la mejilla manchada de polvo. Es mayor que yo, aunque no sabría determinar su edad. Tampoco sabría precisar si es hermosa. Ya he perdido la distancia necesaria para valorar a la gente.

El motivo de ello es que cuando me ve, me ofrece una sonrisa levemente torcida, muy parecida (¿se trata de un recuerdo o es fruto de un anhelo?) a la que solía dirigirme mi madre.

Le pregunto si necesita ayuda y me responde que sí. Mantengo la puerta abierta para que saque el sillón, pero calculo mal y suelto demasiado pronto, con lo que la puerta le golpea la muñeca.

—No ha sido nada, de verdad —asegura para acallar mis disculpas—. No me he hecho daño.

Más tarde distinguiré el morado y la hinchazón encima de la muñeca. Más adelante, pensaré en presagios.

Me invita a su apartamento y me prepara un té espeso, de un color pardo rojizo, aromatizado con clavo. Es para darme la bienvenida, añade. Al servirlo, vuelve la muñeca y allí está, delicada y mortífera como una pulsera cosida a la piel: la cicatriz.

—Me llamo Radhika —se presenta la segunda esposa de Malik, mientras me tiende una fina taza con el borde dorado.

—Yo soy Mira.

Por encima de la tenue columna de humo que asciende desde las tazas, sonreímos por el irónico legado que compartimos: ambas llevamos el nombre de una mujer de la mitología, dos mujeres cuyas vidas los hombres habían tratado de arruinar.

Esta tarde del viernes, sentada en una silla de la cocina de Radhika, siento que el sol penetra en mis huesos con el aceite de *jabakusum* con que ella me unge el pelo. La habitación está impregnada de un dulce y soñoliento olor procedente de mi infancia. Con los dedos traza pequeños círculos en el cuero cabelludo, recorre la pequeña oquedad que se esconde detrás de las orejas.

Me trasladé a vivir aquí hace una semana. Priya había regresado a la India para casarse y otra familia necesitaba el apartamento. A Radhika le habían pedido que me buscara un sitio con otra persona.

—¿Por qué no te quedas conmigo? —me propuso—. Aquí hay espacio de sobra.

Me pareció tan adecuado que ni siquiera se me ocurrió preguntarle si estaba segura.

—La página siguiente —dice.

Tengo un libro en el regazo, un gran libro de la biblioteca con una tapa de color azul y oro titulado *Los grandes desiertos del oeste americano*. Leo: «El período de floración de los cactus es muy corto, de unas pocas semanas a lo sumo en primavera. Durante ese tiempo, no obstante, el yermo y agostado paisaje se ve transformado por las vibrantes coronas de los nopales y las pitahayas que brotan de entre el espinoso armamento de la planta.»

Con frecuencia miramos libros juntas. Como Radhika no domina el inglés, normalmente soy yo quien leo. Ella se encarga de interpretar detalles que a mí se me habrían pasado por alto.

—Qué curioso —comenta, señalando una foto.

Entonces observo que, tras su breve período de floración, en las plantas sólo quedan espinas. No sé gran cosa acerca de los cactus; siempre he imaginado sus espinas como afiladas agujas venenosas. Sin embargo, en esa fotografía la luz del atardecer ha captado su finura de tal modo que aparecen relucientes, realzadas, como el pelo de los bebés.

Cuando me dispongo a comentar algo a propósito de la imprevista y redentora belleza del mundo, suena el teléfono.

—¿Sí? —contesta.

Oigo la voz que sale del auricular, metálica y obsequiosa.

—El *malik-ji* mandará el coche a las ocho en punto de la noche, como de costumbre, señora. Tenga la amabilidad de estar lista abajo.

Los dedos de Radhika se crispan mientras sujeta el aparato. Pero no. Me he equivocado. Cuando responde, en su tono no aprecio la menor alteración.

—Dígale que lo siento, que hoy no me encuentro bien.

La voz protesta, preocupada, y asegura que el *malik-ji* se disgustará mucho. Radhika repite con paciencia la frase, como si estuviera hablando con un niño, antes de colgar.

Un tenso silencio se instala entre nosotras, tenso como un cable que ha cobrado vida. Durante los meses que han transcurrido desde que nos conocimos, ha hablado de muchos temas... pero nunca de Malik, ni de los viernes, cuando su limusina se detiene silenciosa como una criatura submarina junto a la acera y abre la mandíbula de su puerta.

Sé qué debería preguntar. «¿Por qué lo hiciste?» Una pregunta que regresa como una ola a ese día en que se celebraba una boda en su pueblo, cuando tomó conciencia de la mirada de deseo de un hombre. Una pregunta que se destila para concentrarse en la hora en que abrió un grifo, mezcló el agua caliente y la fría, para mitigar el color, y colocó la muñeca debajo. «¿Por qué lo hiciste?» Una pregunta que choca contra este momento, el frío peligro de su voz al pronunciar la palabra «no», el significado que podría tener.

Pese a todo ello, no me atrevo a preguntar. Ya he perdido mucho. Además, ¿qué respondería yo si alguien acertara a preguntarme por qué? Como por ejemplo: «¿Por qué no insististe en que tu madre se quedara contigo ese día en la terraza?»

Los dedos de Radhika reanudan sus pausados círculos

en mi cabeza, como si no se hubiera producido interrupción alguna. Luego me da un golpecito con la cadera.

—Sigue —dice, salvándome.

Agradecida, paso la página.

Ajit es un cliente habitual del restaurante. Venía de vez en cuando, pero últimamente aparece todas las semanas, a veces dos o tres veces incluso. Me sorprende un tanto, porque no es el tipo de hombre hindú que frecuenta nuestro establecimiento. Por lo general nuestros clientes son hombres de mediana edad, casi todos algo calvos, un poco mal vestidos. Emigrantes con visado de trabajo y hombros hundidos por el peso de las expectativas de las esposas e hijos que les aguardan en la India. Todos quieren una comida como la de casa por un precio módico y tienden a pedir los platos especiales. (Los hindúes más jóvenes, los que desean impresionar a sus novias americanas, van al Khyber Palace, en esta misma calle, donde tienen un karaoke hindú y discoteca los sábados por la noche.) Ajit lleva los zapatos bien atados y lustrosos, y sus camisas tienen los botones bien cosidos, abrochados de arriba abajo. Aunque llega sin americana y corbata, da la impresión de que acaba de quitárselas y dejarlas, cuidadosamente dobladas, en el asiento del coche. Su aire de seguridad pregona a las claras que nunca ha vivido en otro país que no sea Estados Unidos.

Lo que me gusta de Ajit es que parece encontrarse a sus anchas en una sala llena de personas que no tienen nada en común con él. ¿Tal vez no se percata de hasta qué punto es distinto a nosotros? Bromea con los camareros, entre los que goza de gran popularidad, y no sólo por sus generosas propinas; observa sin disimulo a los otros clientes y come con placer. Incluso Malik, una noche que pasó por el local, le dio una palmada en el hombro.

—¡Ah, Ajit, justo la persona que deseaba ver! —Lo

acompañó a la caja y nos presentó—. Te presento a Mira. Ha estudiado en la universidad, igual que tú. Es lista como un rayo. Si hablas con ella, no tardarás en enterarte de cuanto te interese saber sobre la India.

Lo fulminé con la mirada, sospechando que tal vez se trataba de un sarcasmo. Si lo era, Ajit no lo captó. O quizá fuera el tipo de persona inasequible al sarcasmo. Me estrechó la mano dirigiéndome una amplia sonrisa.

—Encantado —dijo como si fuera cierto.

Desde entonces Ajit ha tomado la costumbre de detenerse junto a la caja para charlar un momento antes de irse. Me asombra un poco su franqueza. ¿Serán así todos los hindúes de segunda generación? Ya estoy enterada de que se dedica al campo de la economía, que lleva dos años trabajando para una pequeña empresa de reciente fundación. Su madre —maestra— y su padre —ingeniero— siguen viviendo en la pequeña ciudad del Medio Oeste donde él se crió. Los echa de menos a veces, pero considera muy interesante California, sobre todo por las diferentes personas procedentes del sur de Asia que ha conocido allí. Todavía no tiene novia, pero no pierde la esperanza. Cuando se marcha con un animado «¡Cuídate!», lo sigo con una mirada de envidia.

En sus cartas mi hermano pregunta si me gusta Sacramento, si la gente se muestra amable conmigo. Mi cuñada añade: ¿Hace mejor tiempo que en Tejas? ¿Has visitado ya San Francisco? Ahora que ya estás instalada, ¿qué planes tienes para el futuro?

Me planteo la posibilidad de responder que he encontrado a una persona con quien leo libros, una persona que me trata con gran deferencia. Se me ocurren varias palabras para describir a Radhika: amiga, hermana, madre. (Ninguna de ellas resulta la adecuada, sin embargo.) El tiempo está lluvioso y exasperante, impropio de California. (Aunque admitirlo equivaldría a una derrota.) En cuanto a San Francisco y mi futuro, de momento están aparcados. Me satisface el presente: un breve respiro en el que floto sin pensar, como en un baño caliente. (Luego me avergüenzo: debí haber sido más dinámica y realizar una excursión de un día con el autobús; debí haberme inscrito en un curso en la Universidad de California.)

Al final decido no responderles.

Ese día, tras la llamada del guardaespaldas de Malik, Radhika y yo contemplamos otra fotografía del libro sobre el desierto. Era la foto de una mujer que tenía en la mano un puñado de arena. «Buscadora de oro, condado de Inyo», ponía abajo. Llevaba unos vaqueros con las rodillas desgastadas, una especie de chaqueta, un sombrero de ala ancha que sumía su rostro en un óvalo de oscuridad. No miraba a la cámara, sino a otra cosa (¿o una persona?) cuya sombra se proyectaba en el extremo de la fotografía... un coyote tal vez, o un caballo. Tenía los labios entreabiertos en un misterioso esbozo de sonrisa.

El viernes por la noche, Ajit tamborilea con los dedos sobre la caja, desliza con timidez una tarjeta hacia mí y carraspea antes de preguntarme si me apetece salir con él. ¿El viernes próximo, tal vez? En mi cabeza resuena una sorda señal de alarma. Abro la boca para rechazar su invitación, pero cuando levanto la vista, advierto en él la mirada de un antílope. Y me llevo otra sorpresa además: la forma en que el corazón palpita en mi pecho, como las pisadas de un corredor, ligeras y rápidas: «Por qué no, por qué no.»

Por fin: tal vez haya encontrado la manera de escapar del depósito de agua.

Me dirijo a la oficina posterior y pido permiso al encargado para tomarme libre la noche del siguiente viernes, pero él se lleva las manos a la cabeza.

—De ninguna manera, imposible —contesta—. No tenemos a nadie para sustituirte.

—¿Y Ramesh? Yo podría ocuparme de su turno al mediodía y él...

—¿Estás de broma? ¿Ese desastre con dedos de plátano? Todos los días después de la comida nos pasamos una hora corrigiendo los errores que ha cometido él.

—Vamos —insisto. He conseguido cierta influencia en el lugar desde que comparto piso con Radhika. Ha llegado la hora de aprovecharla—. ¡Es sólo por un día!

—¿Qué ocurre de importante el próximo viernes?

Le cuento lo de Ajit y vuelve a llevarse las manos a la cabeza.

—¡Eso es lo mismo que salir con un americano! ¡No traerá más que complicaciones! ¡Uy, qué diría tu madre!

Una súbita rigidez me encoge los hombros.

—Eso no es asunto tuyo —replico con gesto adusto.

Después oigo una voz afable procedente de la puerta.

—¿A qué se debe todo este alboroto?

Es Malik, que parece tener la virtud de aparecer como por ensalmo. ¿Será ésta la clave de su éxito? Está más elegante que de costumbre, vestido con un traje oscuro... tal como yo lo había imaginado al principio. Con su corte de pelo reciente, está casi deslumbrante. La corbata parece de seda. Se diría que tiene algún plan importante, una fiesta en algún ático de lujo quizá, con camareros uniformados armados con bandejas de plata.

De pronto caigo en la cuenta: hoy es viernes. ¿Es posible que se haya acicalado así para Radhika?

—Una cita, ¿eh? —sonríe cuando el encargado ha soltado todas sus quejas—. ¿Nuestra Mira quiere salir con un chico? —Me evalúa con la mirada, de modo apreciativo pero ausente, como si pensara en otra cosa. En las sombras del pasillo, su expresión resulta imperceptible, como la de un sátiro encapuchado—. Quizá sea eso lo que necesita —declara por fin.

Me arden las mejillas. ¿A qué se habrá referido?

Sin embargo, él ya se ha vuelto hacia el encargado con una afable sonrisa.

—Vamos, no seas tan estricto. Deja a la chica que vaya. Y dale un adelanto para que se compre un vestido bonito.

Aún con la sonrisa en los labios, retrocede cortésmente para franquearme el paso. La colonia que lleva, sutil como sólo lo son las más caras, me sigue por el oscuro pasillo igual que una sospecha que no consigo expresar en palabras.

Ese viernes, el día de mi cita con Ajit, la luz del atardecer es dorada y espléndida. Cuando entro en nuestro apartamento, los espejitos de los cojines del sofá que Radhika terminó de bordar la semana pasada ofrecen un baile de guiños y destellos. En el salón reina un olor familiar: allí están, sobre el mármol de la cocina, una bandeja de *samosas* listas para freír.

—¿Eres tú, Mira? —me llama Radhika desde su habitación—. ¡Llegas justo a tiempo! Acabo de rellenar las *samosas*. Te freiré un par.

Dejo en el suelo los paquetes que llevo y me derrumbo sobre el sofá. Me duelen los pies y la cabeza. Ya empiezo a arrepentirme de mi extravagancia: no sé si he hecho bien en comprar todo esto.

Nunca se me ha dado bien ir de tiendas. Incluso en la India, donde uno se sienta encima de una espaciosa sábana blanca extendida bajo un fresco ventilador de techo y bebe *jusla* sin más preocupación que ir señalando mientras el vendedor saca un sari tras otro e informa del nombre y origen de cada uno, siempre le pedía a mi madre que comprara por mí. Ella sabía qué era lo más adecuado para cada ocasión, qué me sentaría bien.

Radhika sale de su habitación vestida con una tenue túnica de *batik* que se pega a su cuerpo al caminar. Se mueve como muchas mujeres hindúes, con delicados y calculados pasos que apenas agitan el aire a su alrededor. Su caderas se rizan bajo la sedosa túnica. Es nueva y bonita, pero no me parece una prenda adecuada para salir. El corazón me da un vuelco. ¿Habrá vuelto a decirle que no a Malik?

—¡A que no sabes cómo me he enterado de que no trabajas esta noche! —Desde la cocina Radhika me dirige una sonrisa maliciosa—. Una de las chicas de abajo ha mencionado que Ramesh se encargaría del primer turno de noche... ¡en el restaurante todos están nerviosísimos! Entonces he pensado que ésta era la ocasión perfecta para preparar unas *samosas*, que tanto te gustan, y charlar un rato. —El aceite chisporrotea cuando da la vuelta a los triángulos rellenos que habrá tardado horas en preparar—. Además, quisiera contarte una cosa.

Me sirve un plato de doradas y crujientes *samosas* y un cuenco con salsa de tamarindo, de un intenso color marrón, antes de sentarse frente a mí. Tiene la cara arrebolada y está muy hermosa. Lanzo una urgente mirada culpable al reloj. Dentro de unos minutos tendré que hablarle de mis planes para la noche.

—Cuando conocí a Malik —empieza Radhika— yo era casi una niña, sólo una muchachita de pueblo. Consideraba que el mejor destino al que podía aspirar una mujer era convertirse en la esposa de un hombre rico. —Las pestañas le tiemblan y proyectan sombras oscuras sobre la mejilla cuando baja la mirada—. Cuando él comunicó al casamentero que estaba loco por mí, que haría cualquier cosa para casarse conmigo, no daba crédito a mi buena suerte. Me sentía tan orgullosa de que un hombre de tanta fortuna me deseara, que no me detuve a considerar nada más. Mis padres se resistían a enviarme tan lejos con un hombre del que apenas sabían nada, pero yo los convencí. Insistí en que sería feliz con él. Después llegué a América y me enteré de su... —la voz se le quiebra.

—Radhika... —le tomo la mano—. Quizá sea mejor que no hables de...

—No. —Está llorando sin disimulo, sin asomo de vergüenza. Su mano se cierra sobre la mía, tal como la habría cerrado en el último minuto una de aquellas mujeres, en el océano de Bombay, sobre la espuma del mar... esperando la salvación—. Ya he guardado silencio demasiado tiempo. Pero no es de Malik de quien quería hablarte. Aprendí a vivir con él hace años... al igual que aprendí a vivir con esto. —Gira la muñeca para observar la cicatriz. Después dirige la mirada hacia mí, con las pestañas húmedas de lágrimas—. No. Quería hablarte de algo bastante distinto. De algo repentino, como una tormenta de verano. Algo que me ha proporcionado más felicidad de la que me atrevía a esperar en esta vida.

Me resulta odioso lo que me dispongo a decir. No es sólo mero egoísmo lo que me lleva a hacerlo, sino también un miedo que no logro precisar.

—Lo siento muchísimo, Radhika. ¿Podríamos seguir más tarde? He de salir. Se lo he prometido —tardo un poco en elegir la palabra— a un amigo.

Me suelta la mano de inmediato y se enjuga los ojos.

—Entonces has de ir, desde luego. —Habla en tono educado, pero percibo que está dolida.

—Continuaremos nuestra charla cuando vuelva... serán sólo un par de horas...

—Sí —responde con aire distante antes de regresar a su habitación.

Ataviada con la ropa nueva, llamo para anunciar que me marcho, mas ella no responde. Me quedo delante de la puerta cerrada, abrumada por la misma sensación de culpa que angustiaría a una adolescente. Soy consciente de que debería presionar la manecilla y entrar, pero no lo hago. En este momento necesito sentir confianza, y sé que Radhika criticaría el corto vestido blanco con puntillas, los altos tacones sobre los que me tambaleo un poco, el brillante rojo del carmín, mi pelo suelto que he lavado para eliminar cualquier resto del aceite de *jabakusum* con que ella lo ungió tan cuidadosamente.

Cuando me ve, Ajit me recibe con un largo silbido.

—Yo había previsto una cena tranquila. —Se echa a reír—. Pero ahora veo que hemos de ir a divertirnos.

Y eso hacemos. Aunque no he bailado en toda mi vida, en la penumbra de la discoteca de relucientes superficies en las que rebota la música, en esa sala llena de cuerpos ondulantes que nos rozan sin recato, descubro que soy capaz de moverme. Agito los hombros y echo la cabeza atrás, adentrándome con el ritmo en la nueva vida que había comenzado a soñar —se diría que hace una eternidad— en el autobús de la Greyhound. Cuando Ajit me hace girar de tal forma que acabo pegada a su pecho, no me aparto enseguida, como le habría ocurrido a la Mira de antes, la Mira en cuyos cabellos han quedado, como sangre seca, restos de óxido de un depósito de agua. Permanezco reclinada en él, saboreando el saludable olor a limón de su piel. Luego, mientras recorremos el paseo marítimo, él me da un beso, y a mí me resulta agradable, en absoluto parecido a la repugnante sensación húmeda y blanduzca que temía. Más tarde me pregunta con cierta timidez si aceptaría ir a su casa, y yo no me siento escandalizada ni turbada. Apoyo un dedo en sus labios, como haría la protagonista de una película, una mujer peligrosa, y respondo sonriendo:

—Todavía no.

Es más de medianoche cuando abro la puerta del apartamento. En el interior reina el silencio y la oscuridad. Me quito los zapatos y me dirijo de puntillas a mi habitación.

—¡Mira! ¿Sabes qué hora es? ¡Me tenías preocupa-dísima!

La voz de Radhika es un látigo que restalla en medio de la negrura. Cuando pulsa el interruptor, la luz me ciega.

Aún lleva la túnica de *batik*, aunque ahora está arrugada. Su melena suelta se ve alborotada, como si hubiera hundido los dedos en el pelo.

—Perdona...

Repara en mi vestido, en los zapatos de tacón que sostengo en la mano.

—¿Adónde has ido? —pregunta con voz ronca—. ¿Y con quién?

—He ido a bailar —respondo con las mejillas arreboladas. Pese a ello levanto la cabeza bien alta—. Con mi amigo Ajit.

—¡A bailar! ¡Con tu... amigo Ajit! —Su voz suena opaca y se acerca un paso—. Será posible... toda la noche por ahí con un hombre, casi medio desnuda... —Observa fijamente mi peinado, el maquillaje, los labios un poco hinchados y sin rastro de maquillaje debido a los besos—. Como... como una vulgar...

—¿Cómo qué? —Ahora yo también estoy enojada. ¿Qué le da derecho a hablarme de esa forma?—. ¿Como tú?

Se queda desconcertada, con los ojos muy abiertos, y guarda silencio un instante.

—En absoluto, Mira —dice después, en voz muy baja—. Nunca querría que fueras como yo. Ojalá no cometas mis errores ni acabes atada al hombre que te estafó de la peor manera posible, porque no existe otra posibilidad en tu vida...

Percibo una nota grave en su voz, que parece a punto de reventar.

—Déjalo ya, no intentes ser mi madre —grito para impedirlo.

—¡Tu madre! —Radhika emite un tenue sonido gutural que cabría interpretar como una carcajada—. No pretendo ser tu madre. Sólo quiero salvarte del sufrimiento hacia el que te precipitas sin remedio. —Apoya las manos en mis hombros—. Si pudiera eliminar todo el dolor de tu vida para aceptarlo en la mía, ahora mismo lo haría, querida Mira.. —Me aparta un mechón de pelo de la cara, me besa la mejilla—. Amor mío —dice. Después deposita un beso en mis labios.

Por espacio de un momento o una eternidad, me quedo aturdida, sorprendida, aunque quizá no tanto, mientras intento hallar un sentido a lo que ocurre, a mi cuerpo, al estremecimiento que asciende desde las plantas de los pies. ¿Desean mis labios devolverle el beso? ¿Quieren mis traicioneros brazos estrechar su cálido cuerpo? Entonces la aparto.

—No —susurro—. No.

La voz me tiembla de horror. ¿Pero de quién me horrorizo? Los zapatos han caído de golpe al suelo. Mientras me alejo con paso vacilante hacia la puerta del apartamento, oigo gritar a Radhika.

—Mira, no te vayas...

Después cierro de un portazo.

Permanezco de pie en la acera, frente a nuestro edificio, tiritando. Cuando el entumecimiento se ha adueñado de todos los huesos de mis pies desnudos, llamo a Ajit desde la cabina. Ignoro qué voy a hacer si Radhika viene a buscarme. Cuando no acude, no sé bien si es agradecimiento lo que experimento.

¿Qué nos impele hacia las elecciones que efectuamos en la vida?

Pasan unos cuantos transeúntes trasnochadores. Me pego a la pared, pero nadie se fija en mí. Para ellos tal vez no sea nada extraordinario ver a esas horas a una chica hindú descalza, enfundada en un vestido provocativo. Acaso sus propios problemas les resulten más acuciantes.

El coche de Ajit dobla la esquina demasiado deprisa y se detiene con un chirrido.

—Mira, ¿qué ha pasado?

Vestido con ropa informal, con el pelo revuelto por el sueño, parece asustado y muy joven. Demasiado joven, pienso con cansancio.

—Dios mío, estás helada —exclama mientras me ayuda a subir al coche.

Después se quita la chaqueta y me guía los brazos para que los meta en las mangas. En su apartamento, mientras yo contemplo con fijeza la pared delante del sofá, me trae unos calcetines de lana. Cuando me echo a llorar, él me rodea los hombros con un brazo, tímido e indeciso.

Por dentro me siento escindida. Una Mira observa a la otra, que llora mientras intenta dilucidar por qué. ¿Es por la amabilidad de Ajit? ¿Por haber perdido a la única amistad que ha habido en mi vida? ¿Son esas lágrimas por una madre que consideró que debía salvar a su hija a cualquier precio? ¿O lloro por mí misma, absorbida hacia una vorágine de la que ascienden palabras como fantasmas ancestrales: repugnante, pervertida, antinatural?

Me vuelvo hacia Ajit, atraigo su rostro al mío, pego los labios a los suyos. Cuando él murmura que no le parece una buena idea, que en ese momento me encuentro demasiado alterada, lo abrazo con más fuerza. Quiero que resuene con más intensidad el pálpito de la sangre en mis sienes, para ahogar los pensamientos. Recorro con las uñas la espalda de Ajit y lo oigo jadear. Le arranco la sudadera y beso todo con cuanto topan mis labios: el lóbulo de la oreja, la garganta, la curva del cuello. Ha dejado de protestar. Su piel sabe a humo y a sal. Siento la cabeza a punto de estallar. Por un instante, antes de que el pálpito me arrastre, me pregunto si la piel de una mujer habría tenido otro sabor.

En los apartamentos vacíos se produce una especie de variación de la energía, una ausencia de aire respirado. Es lo que percibo en cuanto abro la puerta del piso de Radhika. Estoy demasiado exhausta para plantearme dónde estará a las tres de la madrugada. O adónde iré yo cuando deje ese apartamento, como sé que debo hacer.

Me dirijo despacio al cuarto de baño y abro el grifo. Me desprendo de un puntapié de las sandalias de hombre que Ajit ha insistido en prestarme y me quito su chaqueta. Mañana se los dejaré en el restaurante. Mi propia ropa, el provocativo vestido desgarrado por las prisas, las bragas manchadas de sangre, los arrojo a la papelera, pero me falla la puntería. El cesto se vuelca, esparciendo pedazos de papel estrujado por el suelo.

El sexo ha sido un desengaño. No había esperado placer, pero sí éxtasis, en el sentido griego del término, algo que lo extrae a uno de sí mismo y le hace olvidar quién es.

Por más que me he esforzado, en la cama de Ajit he seguido siendo yo misma, atrapada en mi carne insensible como la semilla de un mango duro y verde. Al final él me ha tomado la cara entre las manos.

—No pasa nada, Mira. Ya lo intentaremos otro día —ha dicho, tratando de disimular su decepción.

Yo he cerrado los ojos, avergonzada por su generosidad. Era consciente de que no habría otro día.

El agua me proporciona una agradable oleada de calor cuando me sumerjo en ella. Debería lavarme con jabón, pero estoy demasiado cansada. Permanezco en la bañera, contemplando las ondas que forma el reflejo de la luz en la porcelana blanca, en la piel marrón. En el silencio, resulta fácil derivar hasta otras aguas. Mondas de naranja que flotan, un aire húmedo que se agarra a la garganta. Cuando llaman a la puerta, he de taparme la boca para sofocar un grito.

Es sólo la chica de abajo, sin embargo.

—Perdona que te moleste tan temprano —dice—, pero he oído el agua y por eso he sabido que estabas levantada. ¿Sabes que Radhika está en el hospital? —Asiente para confirmar la pregunta que interpreta en mis ojos—.

Sí, otro intento de suicidio. Fue anoche, tarde, en el apartamento de Malikji. Esta vez tomó somníferos. Por suerte la encontraron antes de que fuera demasiado tarde. Oye, mejor será que te sientes, no tienes muy buena cara...

El alegre ambiente de la sala de espera del hospital resulta insoportable, con sus sofás tapizados en color pastel y los pósters de animalillos asomados desde objetos inverosímiles. Me siento en un banco del pasillo, confortada por su austera dureza, por el dolor de espalda que comienza a aparecer al cabo de un rato. Tarde o temprano habrán de permitir las visitas en la habitación de Radhika.

—¿Es un familiar? —me había preguntado la enfermera.

Quise responder que sí, pero sólo se me da bien mentirme a mí misma.

—Lo siento —dijo la enfermera.

Radhika debió de llamar a Malik más tarde esa misma noche para anunciarle que se encontraba mejor. Le pidió que le enviara la limusina y que se reuniera con ella en el apartamento, como de costumbre. Luego él se había ido a su otra casa, la verdadera casa, la mansión situada en las colinas, donde dormían su esposa y sus hijos. Debió de hacerlo entonces. Buscó debajo del lavabo, donde él guardaba las pastillas, y esbozó una sonrisa amarga. A aquellas alturas conocía todos sus secretos. Miró por la ventana su Porsche, con sus luces de color rubí que se alejaban entre la niebla... pero era ella la que se iba, la que se había ido ya. Salía de mi vida, por la vía honorable, aceptando aquella noche final con Malik para que no fuese yo quien encontrase su cadáver. Lo había planeado todo... salvo cuando indicó al chófer de la limusina: «Lléveme a mi apartamento mañana, ahora mismo estoy muy cansada.» El hombre había llamado a Malik para consultarle si debía obedecer.

Después de que se marchara la chica de abajo, volví al cuarto de baño. Quité el tapón de la bañera y contemplé el agua que giraba en torno al sumidero, indolente y apresurada a un tiempo. Limpié las huellas de mis pies mojados, coloqué bien el cesto y recogí los papeles estrujados del suelo. Movida por un impulso, los alisé.

Había tres hojas. En una ponía: «Mira...» En otra: «Nunca pensé que...» La última era una especie de poema.

En el desierto de mi corazón,
tú, flor de cactus,
te abres sin espinas.

Cuando escribió aquellas palabras, yo estaba bailando. Daba vueltas de puntillas, en un intento de aumentar mi estatura. Con el pelo flotando en el aire, permitía que Ajit me atrajera hacia su pecho, hacia las posibilidades de mi nueva vida en América.

No reparo en los pasos, amortiguados por la moqueta del hospital, hasta que se detienen delante de mí. Entonces levanto la mirada y descubro a Malik. Por sus ojos hinchados deduzco, extrañada, que ha estado llorando. Cuando me habla, sus palabras destilan odio.

—Éramos felices hasta que llegaste tú, hasta que le metiste esas ideas repugnantes en la cabeza. Debí haberme deshecho de ti al principio, cuando empezó a cambiar su comportamiento. Pero no imaginé... no podía creer que ella pudiera... —Sacudido por un espasmo, aparta la mirada. Cuando vuelve a fijarla en mí, habla con voz fría y tajante—. Te doy veinticuatro horas para irte.

Lo observo mientras se aleja por el pasillo, arrastrando un poco la pierna derecha con una cojera que nunca había advertido. Se me ocurre que los rumores que circulan acerca de él son ciertos. En cualquier caso, yo también me siento demasiado embargada por otras emociones para sentir miedo. Resultaba irónico que, de los tres, él fuera el primero en intuir la transformación. Él acompañó a Ajit a la caja, él obligó al encargado a concederme la noche libre para ir a la cita. «Quizá sea eso lo que necesita.» Yo pensé, ingenuamente, que se refería a mí. Sin embargo, se refería a la mujer a la que amaba a su pesar, a la persona que le había enseñado que, por más que uno apriete el puño en torno a una vida, el corazón sigue escapando.

Sólo tardo una hora en hacer la maleta. Ahora debería acudir al banco para sacar el poco dinero que tengo. Después, a la estación de autobuses, donde debo consultar los horarios y decidir mi destino. En lugar de ello deambulo por el apartamento, tocando un tapete que pintó Radhika, las rosas —ahora marchitas— que dispuso en un jarrón de bronce. Al final he resultado ser todo lo que soñé en el autobús: viento ardiente, matojo de espinas, elementos que agostan y hieren. Pese a ello, nada es como yo lo había imaginado. No había caído en la cuenta de que una mecha encendida debe consumirse primero antes de incendiar el mundo.

Por fin, porque debo hacerlo, me dirijo a la habitación de Radhika.

Su dormitorio es un reflejo de su pulcritud. La colcha de la cama no muestra ni una arruga, las fotos de sus padres están colgadas muy rectas, al mismo nivel las dos. Incluso anoche, después de haberse preparado, cuando ya no existía la menor necesidad, volvió a guardarlo todo en su sitio. Los polvos de maquillaje, el desodorante, el perfume, el aceite para el pelo aparecen colocados en una meticulosa hilera sobre el tocador, sin delatar alteración alguna. Peine, cepillo, espejo de mano de filigrana. Polvo de *kumkum* en una caja de plata. Los acaricio uno tras otro, tratando de sentir sus pensamientos. Luego descubro el libro.

Abierto en un extremo del tocador, es lo único que aparece fuera de lugar. *Los grandes desiertos del oeste americano*, abierto en la página de la foto de la buscadora de oro que entorna los ojos para protegerlos del ardiente reflejo del sol en la arena.

Me llevo el libro a la cama de Radhika. Al apoyar la cabeza en su almohada, me parece percibir la fragancia de su pelo.

Allá en la estación, los conductores están arrancando los motores, levantando los pies de los frenos. Los autobuses comienzan a circular por la autopista, cada uno rumbo a un destino diferente.

¿Debió de tomar un autobús la mujer de la foto el día en que se fue a las colinas? ¿Cuántas personas le habrían hablado con el mismo tono de mi cuñada, para decirle que lo que hacía no estaba bien, que no era natural?

Ella se habría encogido de hombros y ladeado un poco la cabeza. Tal vez esbozó esa intangible sonrisa misteriosa.

¿Quién tiene algo que objetar? Si una mujer halla su gozo en la austera y árida carne del desierto, si halla gozo en el cuerpo moreno de otra mujer, ¿quién tiene algo que objetar?

Sigo sin encontrar las palabras: yo, que ya no creía en su posibilidad. En el hospital, mientras paso ante el puesto de las enfermeras, mientras busco a Radhika en cada habitación, espero que algunas de esas palabras acudan solas a mis labios. Ella volverá la cabeza hacia otro lado; su pendiente relumbrará como una gota de rocío. Pero esta vez sé que debo insistir. En el largo trayecto de autobús rumbo al sur, y más tarde, en la arena y las rocas, entre la vibrante y transitoria floración de los cactus, apoyaré la cabeza en su hombro. Recorreré su cicatriz con los dedos como si leyera en braille. Quizás entonces encuentre las palabras para hablar de la noche que pasé con Ajit. El depósito de agua. Las mujeres que se adentraron en el océano de Bombay. Mi madre, que también consideraba que para salvar a la persona amada debía renunciar a su propia vida.

Al salir, dedico una breve mirada al libro, a la buscadora de oro que muestra la mano, desafiándonos a identificar qué es arena y qué oro. Decido que ya sé a quién sonríe. Es a su amante, a la mujer cuya sombra ha entrado en la fotografía, modificando el equilibrio de la luz.

Errores de la vida

Ruchira está empaquetando sus pertenencias cuando descubre el cuaderno en un polvoriento rincón de su piso. Lo encuentra entre una foto de grupo del instituto en la que muestra una sonrisa tensa, el pelo cortado en una media melena recta según la moda de ese año, y una caja de quebradizas cartas de hojas azuladas, impregnadas de un tenue olor dulzón a nuez de *betel*, de su abuela ya muerta. Por un momento acaricia la flexible tapa violeta, la aplastada espiral, preguntándose qué hallará adentro, pues hace mucho que no escribe en él. Después recuerda. ¡Claro! Es su cuaderno de errores, de cuando tenía quince o dieciséis años, la época que ahora denomina su Período Serio.

Se imagina hablándole a Biren de ello.

—Era una adolescente desgarbada con la boca llena de hierros y la cabeza llena de ansias de superación.

—¿Y después? —preguntaría él.

—Después cumplí los veintiséis y decidí que era perfecta.

Biren emitiría su risa silenciosa, que se iniciaba en las comisuras de los ojos y lo recorría por entero, como el viento ondula la superficie del agua. De todas las personas que conocía, él era el único que reía así, sin sonido alguno, dedicando todo el cuerpo a la risa. Le hacía sentir el corazón como una máquina de palomitas de maíz en el momento en que todos los granos han estallado lanzando destellos blancos. Ella reaccionaría con una leve sonrisa, del tipo que consideraba seductora y misteriosa, pero por dentro se sentiría abrumada de gratitud ante el hecho de que él la encontrara tan divertida.

Eso, y la forma en que contemplaba sus pinturas. De no ser por este detalle, no cree que hubiera accedido a casarse con él.

Y pensar que nada de aquello habría ocurrido, que no estaría sentada aquí en esta hermosa mañana de lluvia, de color azul pálido como las jacarandás, empaquetando, preparándose para trasladarse de su piso de Berkeley a la casa donde vivirán después de la boda en San Francisco al cabo de dos semanas, de no haber murmurado un renuente asentimiento cuando su madre le dijo: «¿Por qué no lo conoces, Ru? Kamala Mashi me escribe en términos muy elogiosos de él. Dale aunque sólo sea una cita, a lo mejor os caéis bien.» Ruchira se estremece al pensar que estuvo a punto de negarse alegando que no le interesaba, que prefería dedicar ese tiempo a ir a la peluquería. Únicamente porque la tía Kamala había escrito: «Además de tener sólo dos años más que nuestra Ruchira y de ser bien parecido, de un metro setenta y tres de estatura, trabaja en un puesto con muy buenas perspectivas en la conocida empresa financiera Charles Schwab. Por otra parte, el chico es sobrino de los Bos de Tullyngunge —como recordarás, son una buena familia, honrada— y para completarlo, da muestras de gran sensatez al confiar en nuestras tradiciones ancestrales, que tan buenos resultados han dado, para buscar novia.» Habría sido el peor error de su vida, y ni siquiera habría sido consciente de ello. Le entristece pensar en todos los errores que comete la gente (últimamente había estado reflexionando sobre ese tipo de cuestiones), los errores inadvertidos de sus vidas, los que nunca llegarán a anotar en un cuaderno y que los condenan por ello a la repetición.

Sin embargo, ella había acudido al café Trieste, ceñuda, con unos viejos vaqueros y una severa cola de caballo que realzaba el arco escéptico de sus cejas. Había conocido a Biren y el muchacho le había encantado.

—Es porque te mostrabas a la defensiva, más incluso que yo —le explicó más tarde a él—. Habías estado leyendo... ¿no era uno de esos escritores rusos depresivos y trascendentales?

—Dostoyevski. Lo llevé sólo para impresionarte.

—Y durante el primer cuarto de hora de conversación, mantuviste el dedo en el libro, marcando la página, como si estuvieras impaciente por volver a la lectura.

—¿O sea, que no fue mi agradable aspecto a lo Johnny Deep lo que te cautivó? Qué decepción.

Ni mucho menos —le dijo ella, propinándole un ligero empujón.

En realidad, se había prendado del pendiente que llevaba en la oreja. Su diminuto relumbre en medio del aire saturado de humo del café le confería un aire extranjero y peligroso, diferenciándolo de los hombres hindúes que conocía, o cuando menos de los que habrían aceptado citarse en un bar con la hija de la amiga de una pariente lejana con vistas a un posible matrimonio. Con todo, lo que más le había gustado era que hubiera reconocido sin ambages la vergüenza que le producía esa situación, después de haber afirmado (justo igual que ella), que jamás accedería a una boda concertada.

—Pero la alternativa... tampoco parece que dé muy buenos resultados, ¿no? —comentaría más tarde con un encogimiento de hombros.

Ella le daría la razón, evocando todos los chicos con los que había salido en la universidad: hindúes, blancos y negros, e incluso, una vez, un joven de Bolivia de ojos verdes. En algún punto de la relación todos habían querido algo de ella, no sabía bien qué, pero Ruchira no había estado dispuesta a dárselo, o tal vez no había sido capaz. No se trataba sólo de sexo, aunque también había rehuido este tipo de contacto. ¿Qué gen retrógrado se lo impedía, a pesar de haber nacido en Estados Unidos? ¿Qué espora de cautela liberada por su abuela sobre la cuna cuando sus padres la llevaron a la India? Tarde o temprano, los chicos la abandonaban. Ella los veía como si observara por el lado equivocado de un telescopio, sus rostros adoptaban una expresión apremiante u hosca, y pronunciaban palabras que ella ya no oía.

Hojeando el cuaderno de errores, Ruchira piensa que ésa debe de ser una de las venganzas más maquiavélicas de la vida: un día uno vuelve la mirada hacia sus años de adolescencia y advierte con claridad meridiana la atroz desorientación que padecía, mucho peor incluso que la que atribuía a sus propios padres. ¡Y qué exceso de presunción! Por ejemplo: ahí está la cita que había copiado con su apretada y concienzuda letra: «Una vida no examinada no merece ser vivida.» Como si una chica de catorce años tuviera la menor idea de qué era una vida no examinada. La voluntad de llevar la cuenta de los errores no carece de mérito, pero los suyos eran tan pueriles, tan vulgares... La vez en que confesó a Marta que le gustaba Kevin, para después toparse con aquella información expuesta, con crudos detalles anatómicos, en las paredes del lavabo de chicas. La ocasión en que bebió demasiado en la fiesta de Susie y vomitó en la alfombra del salón. Cuando consideró que el doctor Vikram, que llevaba tirantes marrones y le había ofrecido un trabajo de verano en su consultorio dental, era una persona estupenda y luego intentó propasarse.

Arroja el cuaderno violeta a la creciente pila de trastos destinados al reciclaje. (¡Errores reciclados, qué idea!) Ha llegado a un pacto con las equivocaciones y descuidos, se ha resignado a aceptar que siempre formarán parte de su vida. Si existen personas libres de errores en el mundo, no le apetece en absoluto conocerlas. No le cabe duda de que han de ser desagradables en extremo. Ése es otro rasgo de Biren que le gusta: todos los errores que ha reconocido ya. Que durante un semestre del primer curso de universidad dejó las clases para tocar la guitarra eléctrica con un grupo llamado, muy acertadamente, Los Desastres. Que una madrugada, cuando regresaba de Sausalito, recogió a un autostopista de sexo indeterminado que intentó lanzarse del coche para saltar por el puente del Golden Gate. Que durante un corto periodo de tiempo estuvo liado con una mujer, que llevaba un cuchillo tatuado en el pecho, aun sabiendo que se drogaba.

Asombrada e intrigada, Ruchira se preguntaba por qué le contaba todo aquello. ¿Para impresionarla? ¿Para iniciar la relación de una forma limpia? ¿Para obtener su perdón (o bien el de sí mismo)? Aunque una leve inquietud la acosaba, como si se tratara de un banco de pececillos, ella dejaba que se deslizara. Las preguntas se agolpaban en su boca. ¿Qué había perdido al dejar plantada a Tina Turner por la consultoría Standard and Poor? ¿Qué le había dicho al autostopista —aunque Ruchira estaba convencida de que era una mujer— para impedir que saltara? (Porque había intentado detenerla, ¿no?) ¿Qué le impulsó a romper, finalmente, con la mujer del cuchillo?

Arrinconó las preguntas en la cara interna de la mejilla, como podría haber hecho con un caramelo, reservándolas para más adelante. Mientras tanto, él era el hombre más interesante que había conocido. La suya era una geografía de puentes suicidas y salones de tatuajes, callejones con conciertos nocturnos y rascacielos apuntando al cielo como bloques de hielo negro. Una galaxia por completo alejada del insulso mundo de centros comerciales y multicines del que ella nunca había acabado de escapar, ni siquiera cuando dejó la casa de sus padres para vivir en Berkeley. El matrimonio le procuraría esa misma emoción.

Biren vio los cuadros un día en que fue a recogerla para ir a un concierto. Habían descubierto que ambos compartían la afición por la música clásica hindú, y en esa ocasión tocaba Chaurasia en el Zellebach. No había previsto que subiera al piso, porque consideraba que aún no lo conocía lo suficiente. Pensaba bajar cuando la avisara por el interfono, pero uno de los vecinos debió de dejarlo entrar, porque allí estaba, llamando a la puerta. Agarrotada por el pánico, al principio consideró la posibilidad de no abrir, fingir que no se encontraba en casa y llamarlo más tarde para contarle cualquier excusa.

Iba vestido con descuidada elegancia con una chaqueta de corte europeo y, aunque el sol ya se había puesto, llevaba unas gafas oscuras en las que distinguió su propio reflejo deformado, con la cabeza de patata. Se sentía fatal. Sabía que detrás de ella las telas de pintura yacían dispersas por el suelo. Aparte, un tazón de cereales que había dejado junto al sillón, con restos de una leche azulada en la que maceraban unos hinchados copos de salvado. Un paquete medio vacío de Cheetos en la encimera. Sobre la mesita de centro, tarros de mermelada con trementina en los que permanecían en remojo los pinceles. La tela en la que estaba trabajando (una obra horrorosa, lo sabía ya) era lo único que había conseguido esconder.

—Muy bonito —comentó él, rozándole la manga de su vestido corto de noche.

No obstante, enseguida tendió la mirada más allá, hacia las telas que colgaban en la pared.

—No sabía que pintabas —comentó en tono acusador.

En efecto: le había dado muchos datos acerca de sí misma, pero sólo había seleccionado aspectos secundarios, para que sirvieran de parapeto. Su trabajo como coordinadora de actos en una galería de arte, que le gustaba porque la gente que conocía allí tenía opiniones muy intensas, sobre todo con respecto al arte de otras personas. La asignatura que más le había interesado en la carrera: Mito y Literatura, en el penúltimo curso, y eso que la había elegido por casualidad porque en Comunicación Interpersonal ya no quedaban plazas. El viaje que realizó el invierno de dos años atrás a Nueva Zelanda para pasar unas cuantas noches en un pueblo maorí, aunque luego resultó que disponían de camas de agua en las habitaciones más caras y de un jacuzzi estratégicamente situado entre las rocas de lava. Ahora se sentía mal por su reserva, su renuencia a entregarse, aquella antigua espiral de relaciones frustradas que volvía a iniciarse.

Biren se había acercado a la pared y permanecía muy quieto. Ella tardó un momento en comprender que estaba examinando sus pinceladas. (Pero si sólo los pintores hacían eso. ¿Acaso también era un artista clandestino?) Cuando por fin retrocedió y espiró despacio, con incredulidad, Ruchira advirtió que también había estado conteniendo el aliento.

—Háblame de la pintura —le pidió.

No le resultó fácil. Había comenzado a pintar dos años atrás, y nunca se lo había comentado a nadie. Ni siquiera sus padres estaban al corriente. Cuando los invitaba a su casa, retiraba todas las telas para esconderlas en el armario. Luego rociaba la habitación con ambientador de eucalipto y encendía barritas de incienso para disimular el olor a trementina. El acto de pintar era la primera decisión realmente arriesgada que había tomado en su vida. Al trabajar en la galería, era consciente de hasta qué punto era distinta su obra de cuanto se exponía allí o de lo que aparecía en las lujosas revistas de arte. Tenía una técnica rudimentaria, porque no había asistido a clases ni pensaba hacerlo. Seguramente nunca llegaría muy lejos. No obstante, todas las noches, al volver del trabajo, se entregaba a la pintura casi con desesperación. Dedicaba largas horas a esta actividad, mareada por el esfuerzo de recordar. Dejó de invitar a la gente. Rechazaba con falsas excusas las propuestas de sus amistades para salir. Devolver las llamadas le suponía una obligación y a menudo dejaba de hacerlo. Estropeaba una tela tras otra y después las acuchillaba para descargar su frustración antes de tirarlas al contenedor que había detrás del edificio. Lloraba hasta que empezaba a ver borrosos puntos de luz, como manchas de sol, por todas partes. De pronto, de forma milagrosa, su obra mejoró. En la actualidad a veces, a las dos o las tres de la madrugada, con la espalda tensa y dolorida, se instalaba en torno a ella una calma cálida y vaporosa. Refugiada en su interior, oía, palabra por palabra, las historias que su abuela le había contado.

Ruchira no ha visto a su abuela más de una docena de veces a lo largo de toda su vida, cada dos o tres años en las vacaciones de verano, cuando sus padres viajaban a la India. La quiere más que a nadie, más que a ellos. Sabe que es injusto, porque son buenos padres y siempre han obrado lo mejor que han sabido con ella, de manera concienzuda y sencilla. Se había peleado con el alfabeto bengalí, sometiéndose a dos años de clases en aquella horrible escuela de fin de semana dirigida por la señora Duttagupta, una desagradable mujer de ojos saltones, con el único propósito de leer y responder las cartas de la abuela sin requerir la intervención de sus padres. Cuando llegaba una carta de la India, dormía con ella bajo la almohada durante varias noches, escuchando su tenue crujir. Cuando no conseguía tomar una decisión con respecto a algo, se planteaba: «¿Qué haría Thakuma?» ¡Ay, la imperfecta lógica del amor! Lo asombroso era que le servía de ayuda, pese a que Ruchira se encontraba a continentes y generaciones de distancia, en un mundo cuyos valores deberían ser inimaginables para una mujer que se había casado a los dieciséis años y enviudado a los veinticuatro, y que sólo había salido de Calcuta en una ocasión en toda su vida para realizar un peregrinaje a Badrinath con los miembros de su grupo de Baghavad-Gita.

Algún día le explicará todo eso a Biren.

Cuando la abuela murió dos años atrás de un ataque cardiaco, Ruchira pasó una semana entera en cama. No quiso viajar a la India para el funeral, aunque tal vez debería haber asistido, porque una y otra vez la asaltaba un sueño recurrente que no se creyó capaz de soportar. La brutal arremetida naranja de las llamas de la pira crematoria, el pelo que desaparecía primero, en un breve y obsesivo estallido de luz, la piel que se resquebrajaba como la madera, los ojos que se consumían, la cara de la abuela, renegrida, desmoronándose sobre sí misma en un proceso terrible, irrevocable. De nada sirvió que sus padres le aseguraran que el acto, celebrado en un crematorio moderno y no en las tradicionales escalinatas al borde del río, fue breve, aséptico e invisible.

Poco después comenzó a pintar.

—Es una serie —explicó en ese momento Ruchira con un leve tartamudeo, hablando demasiado deprisa—. Imágenes míticas de las leyendas hindúes. Hasta ahora sólo he logrado terminar tres. El primero es Hanuman, el dios mono, que lleva la hierba mágica capaz de devolver la vida... ¿conoces la historia? Cuando Lakshman resultó herido en la batalla, Hanuman transportó una montaña entera porque no estaba seguro de qué hierba debía arrancar.

Había pintado a Hanuman en tonos violáceos y azulados, y había rematado su cola en un elegante arco que reposaba sobre uno de los brazos. En la mano derecha sostenía una montaña en miniatura con la misma facilidad con que uno lleva una caja de bombones cuando va a visitar a alguien. Le había otorgado un rostro humano, el de su padre (se había sorprendido al descubrir que se le daban bien los retratos), con su bondadosa expresión de desconcierto. Recordaba el día en que, sintiéndose en estado de éxtasis, la idea había llegado a ella como un ángel con garras. El cuadro había asumido un aire divertido, chillón, reconoció ruborizada.

—Pero si es genial. Todos son geniales —alabó Biren—. Y el concepto es sorprendente. Nunca había visto nada igual. Este otro, ¿no es la vaca mágica, cómo se llama... la que posee todas las riquezas del mundo...?

—Kama dhenu —informó ella con timidez, encantada de que la hubiera reconocido.

La vaca de la pintura permanecía acostada en una nube y apoyaba la barbilla sobre las patas delanteras, plegadas en una postura recatada. Las patas producían una lluvia de monedas de oro que cubría como un manto la tierra, situada más abajo. Las alas blancas lucían unos pliegues primorosos, tan impecables como el sari de una viuda. Alrededor de su cabeza, se curvaba un arco iris compuesto por frases extraídas de las antiguas leyendas. «Hace mucho, mucho tiempo, más allá de los campos de Tepantar, había una vez un pobre brahmán cuya mujer era muy lista. Y la serpiente llevaba una joya en la cabeza.» La cara, obstinada y atenta, representaba el rostro de la abuela de Ruchira.

Cuando pasaron a examinar el tercer cuadro, ya era demasiado tarde para ir al concierto y Ruchira había dejado de tartamudear. Con gestos precisos explicó a Biren que la gigantesca criatura con cuerpo de águila era Jatayu, quien murió en su intento de salvar a Sita del malvado Ravana, el de las diez cabezas, cuando éste pretendía raptarla. En la pintura de Ruchira las plumas de Jatayu eran de color azafrán, blanco y verde, como la bandera de la India. Le había pintado la cara de su abuelo, a quien sólo conoció a través de unas fotografías de color sepia porque murió mucho antes de que ella naciera, en las cárceles de Andaman, donde los británicos encerraban a los defensores de la libertad. La abuela le había contado lo sucedido. Lo sorprendieron fabricando bombas; participaba en una conspiración para asesinar a lord Minto, el odiado gobernador general. En el cuadro de Ruchira, Ravana, con la tez pálida y una dentadura de conejo, era inconfundiblemente británico, y Jatayu le había despojado de todos los bombines con un zarpazo formidable.

—¡Me encanta! —exclamó Biren—. ¡Es magnífico!

Poco después se besaron por primera vez. Él sabía a pipas saladas (su vicio secreto, según averiguaría más tarde Ruchira). Su lengua era fina y diestra. No recuerda que lo condujera al dormitorio, sólo tiene conciencia de que en un momento determinado se hallaron en la habitación, sobre la arrugada colcha azul. Recuerda los dedos de ambos, la pequeña concavidad del interior del codo de él, donde una vena latía con fuerza. Le pareció advertir una tenue radiación de calor allá donde se tocaba la piel de ambos. ¿Le olía el pelo a limón? Con la prisa le arrancó un botón flojo de la camisa. (Esto se convertiría más tarde en una broma privada.) El cierre de su pendiente le arañó la mano, que él se llevó a la boca y lamió. Los fríos espejitos bordados en la colcha se incrustaron en la espalda de ella y después en la de él. Los pezones de Biren eran oscuros y duros como semillas de manzana en la boca de Ruchira.

Después él detuvo las manos de la joven, interrumpiendo sus movimientos cuando tironeó de la cremallera de su pantalón.

—No. No es seguro. No había previsto esto. No llevo nada, y supongo que tú tampoco tienes...

La sangre pulsaba con tanta violencia en los recovecos de su cuerpo que tuvo miedo de estallar. Biren se lo repitió para que comprendiera las palabras. Ella negó vagamente con la cabeza, en absoluto preocupada: no permitiría que aquel momento se le escapara. Su cuerpo, contenido durante tanto tiempo, se había aferrado al desenfreno como a un derecho irrenunciable. Una parte de ella le gritaba: «Estás loca.» Presionó la cara contra él, saboreó la aspereza del vello del pecho, hasta que por fin él acabó cediendo. Sintió unos dedos que se hundían en sus cabellos. Lo oyó murmurar. Las palabras sonaban demasiado cercanas, como imágenes desenfocadas. Más tarde interpretó que las primeras habían sido «Dios mío». Como por ejemplo, en la frase: «Dios mío, espero que sepas lo que estás haciendo.»

Sólo faltan tres días para la boda, y Ruchira piensa: ¿acaso sabe alguien las consecuencias de sus actos? ¿Adónde conducirá la tensión de ciertos músculos y la relajación de otros, la aspiración de ciertas vocales y la omisión de otras? ¿A qué terrorífico prodigio, a qué arruinado goce? Esa noche, sin embargo, tenía una certeza, incluso antes de que él le pidiera que se casara con él y ella aceptara. Sabía cuál sería el siguiente y último cuadro de su serie Imágenes Míticas.

Añade una última pincelada color siena al lienzo y retrocede para examinarla. Es su mejor obra hasta el momento, y ha conseguido terminarla (al menos aquella primera fase) justo a tiempo, porque piensa ofrecérsela a Biren como regalo de bodas. Ya lo tiene todo previsto: irá a la nueva casa la noche antes de la ceremonia —ya tiene la llave— y la colgará en el vestíbulo de tal manera que sea lo primero que vea él cuando entren juntos como marido y mujer. O quizá la colocará delante de la cama, para que puedan contemplarla después de hacer el amor o por la mañana, al despertarse. El árbol con sus engalanadas hojas multicolores, las ramas llenas de sedosos pájaros. Es el *kalpa taru*, el árbol de los deseos, y los pájaros son *shalikhs*, esas intrépidas criaturas de color pardo que encontraba a cada paso en Calcuta, con sus avispados ojos diminutos y su estridente griterío. La abuela los llamaba «los pájaros del recuerdo». Ruchira tenía intención de preguntarle por qué, pero nunca llegó a hacerlo. Ahora no quiere preguntarlo a nadie más. Ha otorgado a los pájaros las facciones de las personas a las que más quiere. también Biren aparece... se llevó a hurtadillas una foto de su álbum para dicho propósito. Lo ha pintado a él y también a sí misma, los dos muy juntos, en el centro del árbol. (¿Por qué no? Como artista tiene derecho a mostrarse egocéntrica si le apetece.) Debajo de ellos ha dejado ramas vacías, muchas ramas, para los pájaros que se incorporarán más adelante. Nuevos amigos, hijos. ¿Pecará de sentimental al pensar en los nietos ya? Llenará todos los espacios, y más. Quizá nunca termine.

Entonces Biren llama a la puerta, de modo que Ruchira guarda el caballete en el armario y se apresura a abrir la puerta. Sin embargo, no es él: claro, es media tarde y aún se encuentra en el trabajo. Debería ser más prudente y echar la cadena antes de comprobar quién hay fuera, aunque esta persona en concreto no parece muy peligrosa. Es una mujer joven... bueno, quizá no tanto, considerando las arrugas que se aprecian junto a los ojos... muy delgada, embarazada, con el pelo rubio encrespado y un aro en la ceja, enfundada en un holgado vestido rosa que parece prestado y una cazadora de cuero negro tachonada de clavos que ya no ha logrado abrocharse sobre la prominente barriga. Tiene un aire de... ¿determinación, tal vez? ¿Resignación? Ruchira se dispone a informarle de que se ha equivocado de puerta, cuando de pronto lo descubre, encima del serpenteante cuello del vestido, muy visible sobre la palidísima piel pecosa. Rojo y azul. Un morado, o una herida a medio curar. No. Es el mango de un cuchillo tatuado.

Ruchira está sentada ante la mesa de la cocina, incómoda, con las rodillas muy juntas, como si fuera ella quien realiza la visita. Observa a la mujer del tatuaje. Desde el principio comprendió que no debía dejarla entrar, pero no se sintió capaz de cerrar la puerta a una mujer embarazada con aspecto de pasar hambre. Aunque no había sido un acto totalmente altruista. Ruchira es consciente de ello, aunque le resulta imposible precisar qué espera conseguir de la ex amante de Biren. La mira, sentada en una silla frente a ella, desmigando con aplomo una magdalena que ella le ha dado hasta formar un pequeño hormiguero. Ruchira trata de enojarse con la inoportuna visita. Se siente, no obstante, como alguien que se hubiera ahogado hace mucho. En el mundo subacuático donde habita no existen las emociones, sólo una lenta ondulación de algas.

—¿Por qué ha venido? —pregunta.

La mujer levanta la vista y la luz se desliza sobre sus pómulos huesudos. ¿De qué tendrá hambre? Ya ha desmigado el bollo por completo, pero sigue moviendo los dedos. Ruchira sospecha la existencia de cicatrices bajo el cuero de la cazadora, rugosas marcas de colmillos en la parte interior del codo, la misma zona que le encanta besar en el brazo de Biren. El carmín ha desaparecido ya en parte, y los labios de la mujer tienen un aspecto apergaminado, como una palidísima flor de cerezo. De pronto se decide a hablar. En su mejilla se forma un insospechado hoyuelo y Ruchira descubre con sorpresa que es hermosa.

—Me llamo Arlene —se presenta.

Ruchira desea preguntarle cómo se ha enterado de su relación con Biren y de su dirección. ¿Los habría visto en Telegraph Avenue alguna noche, de regreso del cine? ¿Los habría seguido? ¿Los espiaría amparada en la oscuridad mientras se besaban bajo una farola, con las manos dentro del abrigo del otro? Ruchira desea preguntarle si también ella lo amaba.

No obstante, sabe que es mejor esperar, puesto que se hallan inmersas en un juego de silencios.

—Nacerá dentro de un mes, en febrero —anuncia Arlene al cabo.

Entorna los ojos y observa a Ruchira como si ésta fuera un hecho secundario que memoriza para una prueba futura, una prueba a la que preferiría no someterse.

Esa vez Ruchira pierde la mano, incapaz de soportar la incógnita.

—¿Sabe él lo del bebé?

—Sí.

Ruchira acoge esa nueva y temblorosa información como una gota de pintura demasiado pesada en la punta de un pincel, que amenaza con arruinar el cuadro entero si no encuentra el lugar adecuado para depositarla.

—Me dio el dinero para el aborto, pero no llegué a hacerlo.

Ruchira cierra los ojos. Siente los párpados como seda cruda desgarrada, como un centenar de pájaros que remontaran el vuelo con un aleteo insufrible. Cuando los abre, Arlene se encoge de hombros. La empuñadura del cuchillo sube y baja sobre los prominentes huesos de su pecho escuálido. La hoja es curva, como los *kukri* nepalíes. Ruchira se pregunta si le habría dolido mucho cuando se lo tatuaron, si el autor del tatuaje había sido experto en cuchillos nepalíes y si al mirarse en el espejo Arlene pensaría alguna vez que había sido un error.

—No sabe que he seguido adelante con el embarazo —puntualiza Arlene.

De improviso esboza una encantadora y pícara sonrisa, como el niño que acaba de ganar un partido. Ruchira aprecia una pequeña brecha, bien definida, entre los dos dientes incisivos. Un poeta famoso... ¿quién era?... había proclamado que las mujeres con los dientes separados eran sexys. ¿Por qué será que Ruchira no logra recordar la información crucial justo cuando más la necesita?

Arlene se levanta con un decidido roce de la silla.

—Espera —grita Ruchira—. ¿Dónde vives? ¿Tienes Seguridad Social? ¿Necesitas dinero?

Busca el monedero e introduce frenéticamente los dedos en él para sacar todos los billetes que encuentra, de uno, de cinco y de veinte, que se apresura a ofrecer a Arlene.

—Me marcho a Arizona —declara ésta. No agrega más detalles. No tiende la mano para recoger el dinero. Realiza una leve pirueta (¿habría sido bailarina antes?), y desde la puerta añade—: Piensa en mí en febrero, en Arizona.

Lo primero que hace Ruchira cuando se convence de que Arlene se ha marchado es bajar a toda prisa las escaleras para dirigirse a la zona de los contenedores de basura. Allí está: el recipiente azul correspondiente al material de reciclaje con su triángulo de flechas. Recuerda que era una bolsa blanca con una cinta roja, la que vació encima... ¿Fue dos días atrás cuando volcó el montón de papeles y libros? En su imaginación, ya ha rebuscado entre los desperdicios de otras personas —recibos, cartas de amor y facturas caducadas— hasta encontrarlo. Ha abierto la tapa violeta y ha comenzado a escribir; no ha conseguido terminar cuando la mano empieza a agarrotársele. Llena el cuaderno de errores hasta la última página y aún no ha concluido: tanto ha llegado a aprender en la hora previa.

Sin embargo, el contenedor se encuentra vacío.

Ruchira se apoya en la pared y aprieta la frente contra el estuco de imitación. Huele a leche agria y a pañales, y le deja su marca rugosa en la piel. Detrás, oye unos pasos que se acercan.

—¡Arlene! —grita, volviéndose frenéticamente, como si esperara recibir instrucciones.

No obstante se trata de otra mujer, una de las vecinas, que parece algo alarmada. Lleva una bolsa en una mano y con la otra agarra del brazo a un niño.

—Mamá, ¿qué le pasa a esta señora? —pregunta el pequeño.

Es muy tarde ya, y Ruchira lo ha empaquetado todo, incluso las sábanas y la almohada. Acostada sobre el colchón desnudo, contempla las sombras de la pared. Está helada, pero siente el cerebro ardiente, esponjoso. «¿Qué harías tú, Thakuma?» En el interior de su cabeza, la abuela replica: «¿Por qué me preguntas a mí? ¿No te atreves a vivir tu vida igual como yo viví la mía?» Habla con cierta aspereza. O tal vez sea pena por el confuso mundo que su nieta ha heredado. Ruchira recuerda una oración que la abuela cantaba por las mañanas antes de bañarse, con su voz ronca y acaramelada, al tiempo que agitaba una barra de incienso ante las abigarradas imágenes de su altar. «Perdónanos, oh Shiva, todos nuestros errores, tanto los que conocemos como los que ignoramos.» A Ruchira se le había antojado imposible que su abuela pudiera cometer algún error. Aunque ahora sabe que se equivocaba, de todos modos no alcanza a precisar cuáles fueron esos errores. «Errores que te pusieron la vida entre el pulgar y el índice, Thakuma, y la desmigaron como una magdalena hasta dejarte sola, separada por mares y desiertos y un millón de rascacielos de las personas que amabas, y después sobrevino la muerte.» Ruchira quisiera rezar aquella antigua oración, pero la ha olvidado casi por completo. ¿Será merecedora de perdón una oración fragmentada? En la pared, las sombras se agitan como pájaros insomnes. Si de verdad fueran un *kalpa taru*, ¿qué descaría?

Había llamado a Biren a casa y le había respondido el contestador. ¿Pero cómo decir a una máquina: «Cerdo hijo de puta, olvídate de la boda»? ¿Cómo explicar a un objeto de plástico y metal por qué necesitaba agarrar las promesas que le había hecho un hombre y partirlas por la mitad, crac, crac, como si de barritas de incienso se tratara?

En su oficina, la secretaria le había informado de que estaba en un almuerzo de trabajo. Podía llamarlo al cabo de una hora, añadió.

No, imposible. Se dispuso a buscar en la agenda. Ahí estaba: el número de su móvil, trazado con su letra redonda y clara.

En esa máquina, su voz sonaba más recia, decidida y sensual. Sin querer, se quedó escuchando mientras el mensaje pedía que hablaran al oír la señal, aunque ésta aún no se produjo. En lugar de ello, la voz añadió: «Y si eres Ruchira, quiero que sepas que estoy loco por ti.»

Siguieron tres breves e impacientes pitidos. Mantuvo el auricular pegado al oído hasta que el aparato se desconectó solo. Biren no la había puesto al corriente de aquel saludo que había grabado, una especie de reconocimiento público de su amor. Había esperado a que un día, a su debido tiempo, lo averiguase por sí misma.

¿Bastaba aquella confianza para superar la perspectiva de toda una vida imaginando, cada vez que besara a Biren, que los pálidos labios de Arlene habían florecido ya bajo sus caricias? Él nunca había dado a entender que Ruchira fuera la primera. ¿Cómo culparlo por un pasado que había confesado desde el principio, sólo porque había acudido a su puerta luciendo un aro en la ceja y una contenida sonrisa élfica? Y el bebé, liso y ovalado en su funda de marfil, con la cabeza apretada contra el eco de un cuchillo. Un error que su propio padre había deseado borrar con dinero. Tampoco podía culpar a Biren por ello. ¿O sí?

No piensa hablar a Biren acerca de Arlene y el bebé. Ruchira ya lo ha decidido mientras observa las sombras que se desprenden de las paredes para atravesar volando el techo. Y no se entristecerá por él. Por el bebé, se refiere. Un niño. En su interior lo sabe con la misma certeza que si fuera su madre. Un niño, murmura para sí, que se llamará Arizona. Hay muchas maneras de amar en el mundo. Con suerte él encontrará una. Y con suerte ella, Ruchira, también hallará otra. Pero ¿qué está pensando? Si ya ama a Biren... ¿No es ése el motivo por el que se ha pasado toda la tarde embalando sus pertenencias en cajas de cartón que luego ha sellado con cinta adhesiva e identificado con agresivas letras en tinta negra? «Libros: sala de estar.» «Porcelana: comedor.» Sus vidas ya se han mezclado, como ocurre en el pasado y el futuro, las promesas y las decepciones, el aceite de linaza y la trementina. Como las tenues exhalaciones de pájaros en un árbol de los deseos. Tal vez acaben separándose, pero ella carece de la destreza para tomar esa decisión, aunque quisiera. El matrimonio es una larga carrera de obstáculos en la que hay que aprender la forma de andar del otro sobre la marcha, y gracias a Arlene ella dispone de una ventaja inicial.

El viento ha amainado. En el alféizar de la ventana de Ruchira las sombras reposan aturdidas, como a consecuencia de un disparo. Se pregunta si Biren y Arlene se drogaron juntos. Quizá tomaran pastillas. ¿Éxtasis? ¿Dexedrina? De improviso le fastidia carecer de información referente al tema. «Ropa: dormitorio principal.» «Medicamentos: cuarto de baño.» «Cuadros: estudio.» Sí, porque Biren desea que tenga un estudio en su nueva casa, en el luminoso piso de arriba con vistas a la Coit Tower, junto a la galería donde planean sentarse al caer la tarde para tomar té de jazmín y charlar. (¿Pero de qué hablarán?) Hasta que un día de febrero el viento será como una flor de cerezo, y entonces ella bajará el cuadro que habrá colgado en el vestíbulo, se dirigirá al estudio y añadirá un pájaro con cara de niño, rubio, con los cabellos de punta, el mentón cuadrado de Biren y un insospechado hoyuelo. ¿Y si Biren pregunta por él...? Ése es el deseo que Ruchira pedirá al *kalpa taru*: que cuando Biren le pregunte, sepa qué preguntarle a su vez.

Los nombres de las estrellas en bengalí

A los niños les encantaba el bosque de bambúes que crecía detrás de la casa. Así lo llamaban todos, hasta los adultos: *banshban*, bosque de bambúes, aunque «bosquecillo» habría sido un término más adecuado para la modesta vegetación que separaba la casa del estanque vecino. Sin embargo, se advertía una característica propia de un bosque en la forma en que los brotes de bambú dirigían sus oscuras y aguzadas hojas cada vez más cerca de la casa, hasta penetrar en ella a través de los barrotes de la ventana del comedor. Era un movimiento primario y depredador que los niños, de cuatro y cinco años, percibían. Abrían mucho sus ojos azules y saltaban con el salvaje discurrir de la adrenalina, entonando la vieja canción popular que les había enseñado su abuela, *bansh boner kache, burho shial naché*. Según les había explicado, la letra se refería a unos zorros que bailaban en un bosque de bambúes. Los pequeños apenas hablaban bengalí, y las palabras salían de sus bocas con los acentos mal situados, lo que provocaba la hilaridad de los mayores. Los mayores eran su abuela, su tío abuelo, la esposa de éste y la criada, que vivían en la casa, y cualquiera de las señoras del vecindario que hubiera acudido a visitar a los americanitos, como llamaban a los niños. Todos eran ancianos maravillosos vestidos con largos ropajes, que al moverse parecían flotar en un lago invisible. Como elefantes muy sabios, comentó el niño mayor al pequeño. Incluso las sonrisas, que tardaban largo tiempo en formarse, permanecían en su rostro una eternidad, hasta que los niños llegaban a confundirlas con sus arrugas.

En la categoría de los mayores también incluían a su madre. Aunque en ocasiones llegaban a dudar de que en efecto fuera su madre esa mujer que se había desprendido de los vaqueros y las camisetas de siempre para ponerse un sari a rayas azules y un lunar del mismo color en la frente. Les gustaba el cambio. Parecía más joven y exótica, reía más que en casa y comía con las manos, apartando con diestros movimientos las espinas de un pescado de aspecto letal mientras ellos la observaban con fascinada repugnancia. No andaba siempre con prisa, haciendo tintinear las llaves del coche al tiempo que los apremiaba con impaciencia: «Vamos, niños, vamos, que llegamos tarde.» El segundo día de su estancia en el pueblo, se había parado en la tienda para comprar un docena de ajorcas de vidrio plateado, que propagaban una queda música a su alrededor. Les recordaba a los personajes de los cuentos que les explicaba la abuela todas las noches.

¿A cuál?, preguntó la madre con una sonrisa cuando el niño mayor se lo comentó. A la princesa, espero. El pequeño negó con un gesto y precisó que se parecía más a la hija menor del campesino, una niña muy lista que salva a la familia porque conoce el lenguaje de los animales.

Ése era su momento preferido, justo antes de acostarse en la estrecha cama de viuda de la abuela. Acurrucados contra la blanda y arrugada piel de sus brazos, la interrumpían siempre que pasaba al bengalí, Qué significa, Didima, qué significa, hasta que ella alzaba la voz para que hendiera la oscuridad de la habitación y hacerse oír por la madre, En serio, Khuku, deberías esforzarte más en enseñar a estos niños su lengua materna. Eso siempre suscitaba unas risas histéricas, porque, eso sí lo sabían, *khuku* significaba «bebé». A la mañana siguiente bromeaban al respecto; pedían, Khuku, Khuku, llévanos a bañarnos al estanque, y ella fingía que se enfadaba, Ya os daré yo *khuku* en el trasero si no mostráis un poco más de respeto. Entonces se echaban a reír otra vez. No habían reído tanto en toda su vida, nunca habían sospechado que la India fuera tan divertida. Ojalá pudieran quedarse para siempre.

Cuando decían eso, la madre y la abuela guardaban silencio.

En mitad del cuento de la noche, la abuela se interrumpía y decía, Chiss, niños, escuchad los zorros, y todos prestaban atención. Primero se oía el estridente chirrido de los grillos, después el asmático silbido de un tren en la lejanía, luego las hojas de bambú, misteriosas, como un roce de manos secas, y por fin, tenue, lúgubre y distante, el gañido de los zorros que se elevaba, fino y etéreo, en la oscuridad. El sonido les provocaba una cálida y áspera sensación en el pecho, como un tirón de anzuelos. A partir de ese momento les resultaba imposible permanecer quietos. Empezaban a saltar alrededor de la cama, porque sabían que, de lo contrario, iban a estallar. La vieja madera lanzaba quejumbrosos gemidos, pero la abuela no los reñía. Era como si también ella conociera esa sensación.

Una vez terminado el cuento, la abuela los agarraba por un tobillo, un niño en cada mano, y decía, Ahora nada de ir corriendo con vuestra mamá; esta noche dormiréis conmigo. Aquello también formaba parte del ritual. Con risitas mal contenidas se soltaban los pies, y tirándole sonoros besos, atravesaban la habitación a oscuras para reunirse con su madre. Les habían instalado un colchón en el fresco suelo, que durante el día era de un mosaico de color verde claro orlado de plata. Como aletas de peces, había señalado el niño pequeño al mayor. Se apretaban junto al cuerpo de su madre, a sus húmedos olores con reminiscencias de hierba. Cuando regresaran a Estados Unidos, nunca más dormirían solos en sus camas, sin ella. Ya lo habían decidido por su cuenta. Apoyaban la cabeza en la almohada, uno a cada lado, y permanecían despiertos mientras ella hablaba con la abuela. En general no entendían las palabras, una situación ideal. Unas veces alegres y otras melancólicas, las voces de las mujeres se derramaban sobre ellos como helado derretido, vainilla de Haagen-Dazs, que era su sabor predilecto y también el de su padre. El recuerdo de su padre formaba un pequeño nudo de pena que se ceñía a su alrededor, pero no tardaban en liberarse de él. Dentro de poco volveremos a estar todos juntos, les había dicho él cuando se despidieron en San Francisco. Mientras tanto, el pueblo era la mejor aventura de sus vidas.

En el estanque, con el sari discretamente levantado hasta las rodillas, la madre mueve los pies sumergidos en el agua color verde musgo mientras contempla a los niños que chapotean cerca. Pronto el sol caldeará demasiado, pero por el momento los escalones de ladrillo que bajan hasta el estanque le transmiten una sensual y familiar calidez bajo los muslos. En los músculos intuye un recuerdo que pugna por despertar. Ese mismo placentero resplandor de fines de invierno que se filtra a través de la túnica y las bragas hasta la piel, las manos firmes de su padre, fragantes a canela, en torno a las suyas. (Ignora por qué a canela. A su padre nunca le gustó cocinar, ni siquiera ponía un pie en la cocina si podía evitarlo.) La estaba ayudando a sostener una caña de pescar de fabricación casera. ¿Lo habrían hecho en más de una ocasión? ¿Pescarían algo? No logra recordarlo y ello la embarga de una absurdo sentimiento de pérdida.

Le preocupaba realizar aquel viaje a la India —el primero desde que nacieron los niños— sin su marido. Los dos habían convenido, no obstante, en que era preferible de ese modo. La presencia de él, suponiendo que hubiera podido permitirse faltar seis semanas al trabajo, habría alterado el ambiente de su regreso a casa. En efecto: aunque su madre había mandado una carta de invitación a nombre de él, su marido era un forastero allí. Por más que lo amara, ella lo sabía.

La única vez que visitó la India fue con ocasión de la boda, que al final resultó ser una ceremonia fría y precipitada, a la que sólo asistieron unos cuantos parientes. Se celebró en unos mugrientos juzgados de Calcuta con las ventanas cubiertas de suciedad, un ventilador averiado y un largo pasillo que olía a fruta rancia, donde tuvieron que esperar largo rato. Se vieron obligados a acudir a ese lugar desangelado, como fugitivos, porque ninguno de los sacerdotes del pueblo aceptó casarlos. Habían preguntado al novio si era hindú, y él había respondido que no, aunque respetaba en gran medida la religión. Pero su padre es hindú, ¿no?, preguntaron, ofreciéndole una última oportunidad. Él había contestado con franqueza americana que, pese a haber nacido en el hinduismo, su padre había dejado de practicarlo mucho antes de casarse con su esposa blanca, de religión episcopaliana.

Durante la espera en el pasillo del juzgado, su tía —la hermana de su padre— había dicho, Menos mal que tu padre no está vivo para ver este día. Sorprendida y dolida, la hija se volvió hacia la madre, esperando que saltara en su defensa. No obstante, la madre se había limitado a observar el sucio suelo, de lo cual la novia dedujo que su madre compartía esta opinión.

El viaje de California a Calcuta había sido largo y agotador, tan duro como había temido. Cada vez que iba al lavabo, los niños insistían en acompañarla, incluso en el minúsculo cubículo del avión. En el aeropuerto de Heathrow, echaron a correr y desaparecieron tras una esquina cuando ella estaba ocupada en el control de pasaportes. Durante unos terroríficos minutos temió haberlos perdido. Movida por la desesperación, decidió amarrarlos en el carrito doble para el que ellos se consideraban demasiado mayores. Entonces uno le tiró del pelo al otro, que reaccionó mordiendo a su hermano en el brazo, de tal modo que sus dientes le dejaron una media luna marcada en la piel. Después los dos se echaron a llorar con tanto desespero que los transeúntes se paraban para lanzar miradas de reproche a la madre, hasta que ésta no pudo más y acabó tomándose un Valium.

A pesar de todo, ha merecido la pena, piensa ahora mientras los ve chapotear con el agua hasta la cintura, simulando que nadan, aunque en realidad se limitan a gritar y revolver el fango. Qué bien se han llevado con la abuela desde el primer momento. Y la abuela... lo más sorprendente de todo es la reacción de su propia madre. Las horas que se pasa escuchando bromas tontas que no deben de tener ningún sentido para ella, el tiempo que dedica a prepararles elaborados platos que ellos muchas veces se niegan a probar. Le muestran sus libros de tiras cómicas y le describen con todo lujo de detalles sus superhéroes favoritos. Le atan un pañuelo sobre los ojos y la obligan a jugar a la gallinita ciega con ellos. Nunca se mostró tan paciente con su propia hija, piensa la madre, herida por un leve resentimiento. Después se avergüenza de ello.

Los niños han asustado a los patos, que graznan con indignación refugiados bajo las hojas de la colocasia, en el otro extremo del estanque. El criado joven que está en el agua con ellos —por si resbalan o quieren adentrarse en la parte más profunda— agita los codos fingiendo que son alas y responde con un graznido nasal que suscita otro arrebato de desternillantes carcajadas. La presencia del criado molesta a la madre. Quizá se debe a que ha tenido que llevarlo para vigilar a los niños a pesar de que ella misma es buena nadadora. Pese a ello, no está segura de poder nadar bien enfundada en un sari, con sus seis metros de algodón empapado que la arrastrarían hacia el fondo. En el pueblo queda descartado ponerse un bañador, por supuesto. Ni siquiera se ha llevado uno; prefiere evitar complicaciones durante esa estancia. Ya ha habido bastantes complicaciones en su vida.

Esa vez el recuerdo se presenta como una sensación táctil. Tiene la misma edad que el criado —doce años, tal vez— y atraviesa a nado el estanque con vestido y bragas. Se ha subido la falda a fin de nadar con mayor libertad. La tela se mece como una bolsa sobre su estómago, haciéndola sentir antigua y marsupial. Delante de ella, el agua se extiende interminable, formando un verdadero mar... tal como deben de verla ahora los niños. Ella no tiene miedo, sin embargo. Nunca se cansará. De su brazo brotan diminutas burbujas de aire con los colores del arco iris cuando lo levanta para dar una brazada.

En una ocasión se produjo un incidente. Ha olvidado los detalles. Recuerda tan sólo a los muchachos que fumaban *beedis* junto al camino, cuando ella regresaba a casa desde el estanque. La pestilencia agria y salvaje, las finas espirales de humo. Le habían gritado comentarios, acompañados de vulgares sonidos que imitaban besos, pese a que había tomado la precaución de envolverse en una amplia toalla por encima del vestido y la ropa interior. Había ido corriendo a casa, con el corazón latiendo desbocado. El pecho era una caja que alguien había agitado sin parar. Aquél fue su primer encuentro con el horror.

Cuando su madre se enteró —en el pueblo todo acababa sabiéndose— puso fin de forma tajante a los baños en el estanque, pese a que la pequeña lloró y rogó, se negó a comer durante dos días y aseguró que iría sólo en compañía de las otras niñas. Lo cierto era que no había otras niñas, tal como bien señaló la madre. Las buenas familias no permitían que las niñas mayores nadaran en los estanques, a la vista de todos. En eso tenía razón. La niña se obligó a tragarse la rabia y la enterró en el pecho, donde aguardó como un bidón de residuos radiactivos hundido en el mar. Todo el mundo suponía que había aceptado la imposición de la madre, cuando en realidad estaba reuniendo fuerzas para la siguiente confrontación.

Sentada en los escalones del estanque, la madre recupera su identidad adolescente, con la secreta dureza que crecía en su interior. El día en que por fin la revelara, desconcertaría a todo el mundo... como si hubieran abierto una papaya madura para encontrar una piedra en el interior. Durante todo ese tiempo la habían visto apacible y estudiosa, cambiada para mejor. Qué chica más sensata, ponderaban con admiración. Había dejado de ir a las atracciones del pueblo con sus compañeras de colegio. Ya no le interesaban las obras que representaban en la plaza las compañías ambulantes. En clase siempre sabía la respuesta correcta. Pedía prestados en la biblioteca los libros gruesos y polvorientos, de matemáticas y ciencias, que las otras chicas jamás leían. O un ejemplar de Shakespeare roído por las termitas, por ejemplo. Los devoraba de principio a fin. A veces, al salir del colegio, iba a la casa de la directora para comentar con ella los puntos más complejos. No lo hacía por gusto. Ya había tomado conciencia de ello. Leía con concentración implacable, como quien estudia un código en tiempos de guerra. Sabía que en algún lugar oculto en los libros, se escondía el teorema de su huida, la fórmula para la vida que anhelaba. En algún lugar aguardaba un soliloquio apropiado para ella.

Cuando hubo pasado los exámenes de secundaria con las notas más brillantes de la región, fue a ver a la directora para decirle que deseaba ir a la universidad en Calcuta y rogarle que hablara con sus padres. Sabía que, por más que les desagradara la idea, no se negarían a seguir los consejos de la directora. Quedarían intimidados por su prestigio, sus gafas de concha, la fervorosa y retumbante voz con que pregonaría el talento de la muchacha, el crimen que habría supuesto desperdiciarlo, sobre todo habiendo recibido una beca del gobierno, una auténtica distinción para el pequeño centro escolar del pueblo. No, en absoluto; los padres no debían interponerse en su camino con sus ideas trasnochadas.

Fue una traición recurrir a esta argucia. La muchacha

era consciente de ello, y los padres también. Lo comentaron con amargura cuando la directora se hubo ido. Se alzaron gritos, acusaciones, su madre le imploró que replanteara sus intenciones... Al final la mandaron a su habitación. Ella permaneció contemplando el techo, acostada en la cama, con la boca seca y un martilleo en las sienes. Su vida estaba sufriendo un cambio... una colisión de placas tectónicas, una aparición de fisuras. La luz del atardecer era de un color azafrán irisado que nunca había advertido porque nunca había estado acostada sin hacer nada a esa hora del día. Oyó a su madre llorando abajo y el golpe de un portazo. Aquellos sonidos le causaban angustia y regocijo al mismo tiempo. Tenía la certeza de que sus padres no se atreverían a retractarse de la palabra que habían dado a la directora. Iría a la universidad, viviría con culpa. No le parecía tan mal. Resultaba más fácil soportar la culpa que el arrepentimiento.

Parpadea, desorientada por el calor y la intensidad de los recuerdos. ¿Dónde están los niños? Por espacio de un momento tan aterrador que la voz se le hiela en la garganta, en el agua sólo distingue ondulaciones causadas por el viento. Se hunde hasta la cintura, buscando con manos temblorosas en el agua, más negra y fría de lo que había imaginado. Sin embargo, enseguida emergen a su lado, los tres, surgidos de alguna especie de juego submarino, escupiendo entre risas grandes bocanadas de agua, como ballenas.

¡Niños! grita. ¡Salid del agua ahora mismo! Agarra a cada uno de sus hijos por el brazo y los sacude con fuerza al tiempo que fulmina al criado con la mirada. Te he traído para que los vigilaras, le dice, no para que causaras más problemas. Y vosotros ¿no os he repetido una y mil veces que nada de meterse el agua del estanque en la boca? ¿Por qué creéis que la abuela os hierve el agua todos los días, hasta para lavaros los dientes? Porque está llena de microbios, por eso. Llena de microbios asquerosos, tan pequeños que no se ven.

Todo el alborozo se escurre de sus cuerpecillos. Los ojos azules —tan desconcertantes en esos rostros bronceados— se llenan de lágrimas. Detesta comportarse así, pero es superior a sus fuerzas. Y también de gusanos, añade, minúsculos gusanos con ganchos que se clavan en la carne. El sari mojado se le pega a las piernas mientras se encamina a la casa y la gravilla acumulada en el borde le araña la piel. Delante de ella, las espaldas de los niños se agitan debido a los sollozos contenidos. Es una auténtica bruja, peor que la *rakkushi* devoradora de niños, protagonista de las historias que les cuenta su madre. Toca los huesudos hombros de los pequeños con dedos compungidos; quiere acogerlos de nuevo en su interior, en su propia infancia; desea que el tiempo retroceda y se simplifique. Quiere expresarles su amor. En cambio oye sus propias palabras, Y también de huevos de mosquito, que seguramente en este preciso instante se están abriendo en vuestro estómago.

Por las tardes recibían.

Cuando un sol rojizo se había escondido tras las negras espadañas de bambú y tras rociar de agua la galería para que los invitados la encontraran fresca, la criada iba a la tienda a comprar *jilipis* y *singaras* recién fritos. Los niños obtuvieron permiso para acompañarla, pero sólo después de haber prometido que no comerían nada de lo que les ofrecieran los vendedores ambulantes. Un auténtico sacrificio. Por todo el bazar los hombres les sonreían y los llamaban, hablándoles en una mezcla de bengalí e inglés, compuesto de palabras que habían aprendido en las películas. Venid, venid, americanitos *babus*, probar uno-dos bocadillos, gratis para vosotros, probar *pani-puri*, lo hago sin *chilis* para vosotros, probar pastillas muy dulces. Los caramelos relucían como espléndidas joyas en la bandeja espolvoreada de azúcar. Los *pani-puris* eran unas bolas marrones, crujientes, livianas como el aire. Ay, qué cruel era tener que pasar de largo. Los niños se hicieron la mutua promesa de no tratar con semejante severidad a sus hijos cuando los tuvieran.

Las primeras en llegar eran siempre las viudas. Se instalaban en sillas plegables en la galería refrescada. Con sus saris blancos, parecían enormes polillas. Con las tazas apoyadas en expectante equilibrio en las rodillas, tomaban lentos sorbos de té. Les sobraba el tiempo. Después llegaban las casadas de mayor edad —cuyas nueras se quedaban en casa preparando la cena—, recién salidas de la ducha de la tarde, envueltas en el fragante aroma de los polvos de talco de Cuticura. En sus brazos tintineaban varias generaciones de dotes, materializadas en las incontables ajorcas de oro. La marca roja del matrimonio en la raya del pelo relumbraba como una herida triunfal. Finalmente, unos cuantos hombres con bastones y linternas, en su mayoría amigos del tío abuelo, que rompían las *singaras* en pedacitos y las ablandaban largo rato con las encías. En una ocasión el niño menor interrumpió su juego con figuritas de Batman para preguntar por qué eran tan viejos todos los hombres. La madre le tapó la boca con la mano, aunque luego le explicó la razón: no era correcto que los jóvenes visitaran a una mujer cuyo marido se encontraba ausente. El hijo mayor frunció el ceño y suspiró con dubitativa impaciencia, pero ella se adelantó a la pregunta. Ésa es la costumbre del pueblo, zanjó.

Las visitas sentían una gran curiosidad por la vida en Estados Unidos. Por lo general siempre formulaban las mismas preguntas. ¿Es verdad que tenéis máquinas que se ocupan de todo el trabajo de la casa? ¿Es verdad que una libra de mangos cuesta lo mismo que un reloj de Taiwán? ¿Es verdad que todo el mundo conduce coche, hasta los viejos? ¿Es verdad que cuando los viejos ya no pueden conducir, los hijos los meten en un asilo?

La madre no sabía qué responder. Un simple sí o no, sacado fuera de contexto, les daría una impresión errónea de Estados Unidos. No sería honrado de su parte. ¿Cómo podía hablarles de su batidora, su aspirador y su secadora de ropa sin explicarles que al final del día salía corriendo del trabajo (despegada por fin del ordenador con su psicodélico filtro de pantalla que a veces ella se quedaba mirando embobada, con los ojos exhaustos, durante varios minutos), recogía a los niños de camino a casa, se paraba en el supermercado si faltaba leche. Que los niños insistían en colgarse del borde del carro del supermercado justo como mostraba el letrero rojo de advertencia pegado a él. Que siempre lloriqueaban reclamando golosinas. O que, ya entrada la noche, cuando los niños dormían y su marido también, se levantaba a lavarse después de hacer el amor —era maniática en eso, incluso cuando había sido una experiencia satisfactoria— y oía el lavavajillas en marcha. Su murmullo agazapado, apremiante, tocaba alguna fibra de su interior y la atraía hasta la cocina. Allí apoyaba la mano sobre el aparato y sentía su palpitar. Parecía que en todo el mundo solamente quedaran con vida ella y el lavavajillas.

Aquello siempre le había supuesto un problema: esa incapacidad para explicar a los de casa la textura de una existencia distinta. Cuando sus padres le habían preguntado cómo era la vida en el Colegio Femenino Manimala Debi de Calcuta, quiso hablarles de la sorda opresión del viejo edificio gris, con sus húmedas paredes de cemento y sus interminables normas. Contarles que en la mesa de la cocina le dejaban la cena —arroz reseco y *dal* helado—, cubierta con una malla para mantener a raya a las cucarachas, cuando se quedaba demasiado rato en la biblioteca. ¿Y qué decir de la terraza triangular, de su caluroso y duro dosel de cielo? Desde aquella terraza contemplaba la confluencia de Shyam Bajar, el constante trajín de vendedores ambulantes y peatones que llenaban el espacio que mediaba hasta ella de una energía chispeante, combustible. Los mendigos tullidos se desplazaban sobre pequeñas planchas de madera provistas de ruedas. A la hora de comer se reunían a la sombra de un cartel de cine y hacían estridentes bromas, señalando a las estrellas de generosos pechos que presidían su comida. A veces la multitud atrapaba a un ladrón y le propinaba una buena tunda. Las escolares de uniformes blancos y marrones desfilaban con la bandera tricolor cada 15 de agosto, seguidas por un amigable grupo comunista que hacía ondear con actitud militante sus banderas rojas al tiempo que coreaba, *Jyoti Basu zindabad, Congress Party murdabad*. Las ambulancias efectuaban tortuosos trayectos entre *rickshaws* y vacas, llevando a los moribundos que en ocasiones expiraban antes de llegar al hospital. Unos hombres quemaban un autobús como protesta por la subida del precio de los billetes; el humo se elevaba en columnas mientras la pintura roja de los lados se derretía hasta quedar renegrida. Al observarlo, de alguna forma ella participaba de ese todo. Fue un aspecto de su formación tan importante como las clases y los libros.

Me gusta la universidad, había respondido a sus padres. Echo de menos estar en casa. Mi compañera de habitación es bastante reservada. No me cuesta estudiar. Procuro volver siempre antes del toque de queda. Ya habéis visto mis notas, son buenas. Sintiéndose culpable, casi esperaba que la castigaran por su inexactitud y evasivas, pero ellos asintieron y pasaron a otros asuntos. Entonces comprendió, con sorpresa, que no esperaban oír otras respuestas.

Por lo tanto, se dispuso a contestar a las visitas que sí, tenían dos coches en la familia, uno para su marido y otro para ella. Ellos asentían. Lo sabíamos, lo sabíamos, le dijeron a su madre. La tierra del oro. Tu Khuku vive como una reina. Parecían tan satisfechos en su envidia, tan complacidos de hallarse en lo cierto, que no tenía valor para comentar el elevado precio del seguro, los conductores que le cerraban el paso en las horas punta, o tocaban la bocina gritándole, Hindú de mierda, vete a tu país. O la vez en que se le pinchó una rueda en la autovía y se quedó allí más de media hora, paralizada por las ensordecedoras formas metálicas que pasaban ante ella como meteoritos, hasta que un viejo chino se detuvo a ayudarla. Cómo explicarles que habría preferido tomar un autobús... pero que no había ninguno.

Le gustaban más los ratos en que las visitas evocaban los viejos tiempos, épocas que ella no guardaba en el recuerdo. Cuando el pueblo era un pequeño claro entre bosques de mangos y *shal*. Antes incluso de la existencia de los ferrocarriles, antes de la electricidad, cuando el médico del pueblo tenía que ir a atender a sus pacientes en un carro de bueyes alumbrado con lámparas de queroseno y las novias llegaban al hogar de su familia política en palanquines cubiertos. A veces una mujer desaparecía mientras lavaba ropa en el *dighi*, y entonces la gente murmuraba que el espíritu del agua se la había llevado. Durante el movimiento a favor de la independencia, los *swadeshis* se escondían de las fuerzas británicas en los bosques de los alrededores y fabricaban las bombas en un viejo pozo de ladrillo situado a menos de dos kilómetros de allí. En el bosque también se ocultaban bandidos, que asaltaban a los viajeros. Llevaban pendientes de oro y se pintaban la cara con hollín para que no los reconocieran, porque en realidad no vivían en el bosque, sino allí mismo, en el pueblo. Tal vez eran los vecinos de al lado. En una ocasión un brahmán fue a bañarse al río y advirtió en el brazo un roce duro como una dentadura. Inspirado por el arrojo divino, lo agarró. Era una estatua en piedra de la diosa Durga, la que se ve en el templo contiguo al bazar, a quien se llevan a bendecir los niños enfermos de gravedad. En cambio ahora, no hay más que echar un vistazo: todo el mundo tiene una antena de televisión en el tejado, y los niños van por la calle silbando canciones de las estrellas de rock americanas, aunque no entiendan las palabras en *ingrezi*. *Jai*, ¿adónde ha ido a parar nuestra cultura?

La madre se sumergía en esas historias, se dejaba arrastrar por su corriente. Deseaba con desespero creer en ellas, creer que a través de ellas recuperaba su pasado, lo que debía transmitir a sus hijos. Lo que Estados Unidos le había arrebatado. Durante los años de sequía, el zamindar abrió el granero para todos. Su esposa cocinaba *khichuri* con sus propias manos para los campesinos hambrientos. Sus hijas los servían con hojas de plátano. La madre cerraba los ojos y percibía el olor del festín: el guiso de arroz, lentejas, patata y coliflor aderezado con abundante pimienta y pasas importadas de Afganistán. Si esas historias no eran más verídicas que las que se forjaban en torno a Estados Unidos, un país al que uno llegaba sin un céntimo y en dos años era propietario de una cadena de moteles, ella —como les había ocurrido a sus padres años atrás— prefería no saberlo.

El niño menor ha caído enfermo. El trastorno comienza con un dolor en el estómago, unas leves náuseas, y la madre lo pone a dieta de pan tostado y Limca envasado, comprado en la tienda más cara del pueblo, para tener garantías de que no ha sido adulterado. Las náuseas desaparecen, pero el dolor de estómago se agrava y cuando va al baño sólo salen unos chorros de agua marronosa con alguna partícula sólida. Llora sin parar. El Kaopectate no surte efecto, ni el Imodium, y el Tylenol infantil apenas consigue reducir su llanto a un constante gemido. Preocupada, la madre empieza a administrarle antibióticos. Los retortijones continúan; pronto está demasiado débil para correr por la casa. Permanece acostado de lado, con la mirada fija en el rectángulo de luz amarilla que entra por la ventana. Detesta el sabor del Limca y reclama a gritos 7-Up y a su padre. De vez en cuando, con extenuado tono iracundo, exige pizza de pepperoni.

Por la noche, la madre no logra conciliar el sueño. Han trasladado el colchón del niño enfermo al pasillo, más cerca del cuarto de baño, y se acuesta junto a él en un jergón, con la mano apoyada en su frente húmeda, pendiente de su temperatura. El hijo mayor por fin se ha dormido en la cama de la abuela, después de sufrir una rabieta porque se negaba a separarse de su hermano. Al oír la respiración irregular de su madre en la habitación de al lado deduce que también ella sigue despierta, pero se encuentra demasiado angustiada para hablar con ella. El médico del pueblo acudió ese mismo día y sustituyó el antibiótico americano por otro hindú. Es mejor para nuestros microbios, aseguró. Se trata de una mixtura de color pardo rojizo que su hijo rechaza con tenacidad. Cuando es hora de tomar el medicamento, la criada tiene que sujetarle los brazos mientras la madre le obliga a abrir la boca y su hermano, que permanece sentado junto a la puerta del enfermo todo el día, solloza con indignada simpatía. Después, los dos niños le dirigen una mirada de aversión. Las mujeres insisten para que acuda al curandero del pueblo cercano a pedirle una cataplasma de hierbas. Aparte, debe llevar al niño al templo de Durga al día siguiente, sin tardanza. Es una diosa muy poderosa. La hija de Kesto tuvo fiebre tifoidea el año pasado, uy, qué fiebre, el médico dijo que ya no se podía hacer nada más. Entonces la llevaron y la pusieron a los pies de la deidad... al día siguiente ya se sentaba y pedía comida. Aunque tal vez se ha vuelto americana y ya no cree en todo eso...

La madre desearía saber qué debe hacer. Las incertidumbres se le aferran al estómago como úlceras, produciendo un dolor sordo y constante. No le inspiran confianza las cataplasmas, que en su infancia le dejaron el recuerdo de algo viscoso, maloliente y de escasa eficacia. Teme que el niño se halle demasiado débil para trasladarlo a ningún templo. No está convencida de que los antibióticos de la India sean mejores que los de Estados Unidos. Se plantea (sí, hasta tal punto se le ha reblandecido el cerebro) si no debió de atraer ella misma una maldición sobre su hijo ese día junto al estanque, cuando esgrimió sin parar la amenaza de gusanos y huevos de mosquitos. Ay, nunca debió llevarlos a la India, sólo para apaciguar la culpa que sentía por privar a su madre de sus nietos.

La madre desearía llorar a rienda suelta, pero sabe que no debe hacerlo. En la casa todos dependen de ella... como si fueran sus hijos, piensa súbitamente encolerizada. Lleva tres días intentando llamar a su marido, pero la línea telefónica no funciona. Al final le pidió al hijo de su tío segundo que fuera a mandar un telegrama a correos. Tal vez haya ido a parar a otra dirección, o quizás el empleado de correos sólo fingió enviarlo para quedarse con el dinero. Por qué no está allí su marido, por una vez que lo necesita, piensa con una rabia cuya irracionalidad no se le escapa, aunque de todas formas se siente con derecho a ella. Cualquiera caería en la irracionalidad después de haber pasado cuatro días sin dormir y sin comer apenas. Su madre no para de insistirle para que tome algo pero ¿cómo va a comer cuando su hijo se está deshidratando ante sus ojos, los brazos se le están quedando como palos y tiene los labios resecos y quebradizos como la tierra en años de sequía? Su cerebro se esfuerza por hallar a alguien a quien culpar. Nada de todo aquello habría ocurrido si su madre no se hubiera empeñado en no visitarlos nunca más a Estados Unidos.

Tres años después de su boda. Cinco años después de la muerte de su padre. Fue entonces cuando por fin logró convencer a su madre para que fuera a pasar una temporada con ella. Fue un error desde el principio. Su madre, en el pueblo una presencia inviolable que avanzaba como un galeón, enfundada en los voluminosos ropajes de su sari de viuda, se volvió timorata y quejumbrosa en Estados Unidos. Elementos que para la hija eran anodinos —la alarma antirrobo, el contestador automático, los mandos del lavavajillas— se presentaban como enormes y peligrosos obstáculos en su horizonte cotidiano.

Discutían por tonterías: cómo se preparaba el curry de coliflor; qué era mejor para el pelo, champú y acondicionador o bien aceite de coco y pulpa de *ritha*. Se enfrentaban con aspereza por hechos ocurridos años atrás. Su madre aseguraba que una vez había llevado a su hija al zoo de Alipore para celebrar su cumpleaños, que se había levantado temprano para freír los *luchis* de la comida y después habían tomado el tren hasta Calcuta. La hija no recordaba nada de eso. Insinuó que sus padres nunca habían promovido actividades de ocio familiar. ¡Ocio!, se burló su madre. ¡Una estúpida noción americana! Las familias no servían para divertirse. Su función era alimentar, vestir y educar a los hijos, con el propósito de prepararlos adecuadamente en la tarea de alimentar, vestir y educar a su vez a sus propios hijos. Al final de aquellas disputas, una u otra salía airada de la habitación al borde de las lágrimas.

No puedo creer lo que nos pasa, que nos peleemos por cuestiones tan triviales, le decía por las noches, incrédula y disgustada, la hija a su marido. Mi madre me está convirtiendo en una niña de nuevo. Por supuesto, el motivo de sus enfrentamientos no era tan trivial: se trataba de toda una geografía (real e imaginada) que se veía amenazada por nuevos conocimientos, por la transformación del deseo.

Su marido escuchaba con atención, observándola con su mirada oscura y plácida (él no había heredado los ojos azules de su madre, que volverían a manifestarse en sus hijos). Se mostraba comprensivo y a menudo acompañaba en coche a su suegra a casa de otros bengalíes con parientes mayores. Por lo demás, mostraba la prudencia de no ofrecer ningún consejo. Habiendo nacido en América, ¿qué podría haber dicho, de todas formas? Él tenía pocas obligaciones filiales, definidas con claridad meridiana. Sus padres vivían a sesenta kilómetros de distancia en su propia casa. Los dos gozaban de buena salud y se desplazaban en coche adonde se les antojaba: a la tienda, al Rotary Club, conciertos en la sala Julia Morgan. Ya habían elegido una residencia para ancianos que les gustaba a ambos, situada cerca de la playa, en Santa Cruz. Cada domingo se reunían con ellos para tomar un desayuno a media mañana en Mumtaz, donde servían un excelente surtido de cocina hindú no demasiado picante; no obstante, si surgía algún problema, sus padres no mostraban inconveniente alguno en cambiar la fecha. Hasta su padre, que en los últimos años había recuperado algunos hábitos hindúes, como ir descalzo por la casa y comer el arroz con los dedos, no era nada exigente en ese sentido.

Al regresar a casa desde el trabajo, la hija llamaba a su madre. Un día no obtuvo respuesta. Preocupada, subió corriendo a la habitación de invitados y la encontró tumbada de costado, con los ojos cerrados y respirando con dificultad. La tez, privada de su habitual brillo nacarado, estaba hinchada y blanquecina, como la de una criatura marina a la que hubieran sacado de su hábitat. Apoyó la mano en los pies de su madre y los notó fríos. Madre, volvió a llamar, esa vez alarmada. Su padre había muerto de ese modo, acostado de lado una tarde después de comer, al cabo de un año de que ella se trasladara a Estados Unidos. ¡Madre! Por fin, sin abrir los ojos, la madre dijo, Kukhu, tengo que volver a casa.

La hija permaneció sentada largo rato junto a su madre, masajeándole los pies. No hablaron, aunque sí lloraron un poco. Estaban aceptando la erosión, el cambio de equilibrio que su acción provoca en el paisaje. Quizá fuera un proceso que experimentan todos los padres e hijos con el paso del tiempo. En su caso, no obstante, se habían introducido en un mecanismo llamado inmigración, y cuando cayeron al cesar su feroz torbellino, se encontraron con las costumbres extrañas de un mundo que habían imaginado de manera imperfecta. Ese mundo no les permitía vivir juntas en una casa, como antes. Su relación había quedado definitivamente alterada.

El padre de los niños ha llegado, como por milagro. ¿Cómo encontró el camino desde el aeropuerto de Calcuta hasta ese pueblo que, pese a la devoción de sus habitantes, no deja de ser pequeño y desconocido? Le di dinero a un hombre para que me hiciera de guía, explica él, sonriendo. Las visitas —la sala está llena de visitas, hombres y mujeres, jóvenes y viejos, parientes y vecinos— retienen el aliento, horrorizadas. ¡Durga! ¡Durga! Podrían haberlo llevado a cualquier sitio para asaltarlo, incluso podrían haberlo asesinado. Pese al tono tostado de su piel, salta a la vista que es un extranjero con los bolsillos llenos de dólares. Él asiente sin comprender al tiempo que exhibe una confiada sonrisa.

El padre se ha puesto unos holgados pantalones blancos y una *kurta* blanca del tío abuelo, lo que llena de hilaridad a los niños. Componen todo un pelotón en el rincón: su hijo mayor, el pequeño criado, el hijo de unos vecinos, dos hijas del primo hermano de su esposa. Cuchichean comentando que, cuando recibió el telegrama, sólo se tomó tiempo para meter en las maletas doce latas de 7-Up y tres cajas de galletas saladas Nabisco (un equipaje que ya ha comenzado a tomar una aureola de leyenda) para su hijo enfermo. Por eso lleva la ropa del tío abuelo, se explican unos a otros. Le dirigen la mirada desorbitada y admirativa que dedicarían a un dios menor.

El niño enfermo ya se encuentra mucho mejor. Sentado en el regazo de su padre, acepta la atención de que lo colman, como un príncipe al que acaban de descubrir mientras viajaba de incógnito. Cuando alza la vista para observar las salamanquesas de la pared, sus ojos relumbran con un sorprendente destello azul. En cuestión de unos minutos se escabullirá para ir a jugar a *chu-kit-kit* con los otros, y cualquiera que observe desde fuera del patio no será capaz de distinguir su cabeza morena de las demás. ¿Se debe esta mejoría a la presencia de su padre, a las varias latas de 7-Up que se ha bebido ya o a la *puja* que han celebrado en su nombre en el templo de Durga? Cada uno de los presentes tiene su opinión al respecto, que expresa con recia voz para hacerse oír. En la sala se respira un aire festivo, al que contribuyen las numerosas tazas de té que se ha tomado, junto con una mezcla muy picante de *chanachur* hecha con lentejas fritas, arroz machacado y una combinación de especias que sólo conoce la abuela. Las visitas profieren exclamaciones de asombro y placer al comprobar que el *jamai* (así lo llaman, *jamai*, yerno) mastica ese letal aperitivo como un bengalí de pura cepa y luego vierte el té humeante en el plato para enfriarlo... tal como habrían hecho ellos, de no sentirse cohibidos por su presencia.

Desde un rincón, la madre observa la escena con una mezcla de alegría y pena. Después de tantas preocupaciones, resulta que su marido se adapta de maravilla en la casa de su niñez. Ha hechizado a la abuela. Lo ha captado cuando él se ha levantado para tomarle de las manos la taza de té que le estaba sirviendo. Ha inclinado la cabeza con una leve reverencia, ofreciendo ese gesto de cortesía tan poco frecuente hoy en día, y la abuela se ha ruborizado de placer al tiempo que decía, Larga vida a ti, *baba*. Con qué atención escucha a los hombres que, enzarzados en acaloradas conversaciones sobre la alambicada política de Calcuta, a menudo pasan al bengalí. Con cuánto cariño sostiene a su hijo y le acaricia de vez en cuando la mejilla. Se siente invadida por un enorme y placentero cansancio. Desearía dormir durante varias semanas... y eso es lo que piensa hacer ahora que su marido ha llegado. Al igual que le ocurre en ocasiones después de haber tomado un par de copas de buen vino, se siente recluida en el interior de una burbuja con los colores del arco iris, desde cuyo interior percibe, aunque sólo remotamente, las vibraciones de la actividad que se produce a su alrededor.

Entonces su marido se vuelve hacia ella y dice, Qué tarde tan preciosa. Has estado encerrada en casa mucho tiempo. ¿Por qué no vas a dar una vuelta en la moto de tu primo?

Cuando por fin salen, después de contentar a los niños montándolos por turnos en la moto, el sol se ha reducido a unos cuantos semicírculos de luz entrevistos a través del bambú. Pero no te preocupes, la tranquiliza su primo hermano: la moto tiene faro. Y así se ponen en marcha con un rugido de motor, levantando más polvo que un rebaño entero de vacas.

Aunque en su alocada juventud la madre practicó puenting y hasta paracaidismo, nunca tuvo ocasión de montar en una moto de esas características. Con nerviosismo y vergüenza, se sienta de lado, tal como le ha indicado el primo, con los pies apoyados en precario equilibrio en un diminuto estribo y el sari recogido entre las rodillas, y se agarra con las dos manos a la parte posterior del asiento. El viento le azota la cara con grandes y frescas oleadas, provocándole un lagrimeo en los ojos. Tiene miedo de que el chal que le ha prestado su madre para que se cubriera los hombros salga volando en cualquier momento. El camino tiene muchos baches. Siempre que tropiezan con uno, lo cual sucede a menudo, la moto da un salto y luego aterriza con una brusquedad que le provoca una sacudida en toda la columna vertebral. Pese a todo ello, está disfrutando de esa aventura imprevista. Quisiera hacer algún comentario sobre ese encanto de lo accidental, ¡pero cómo es posible pensar entre esa profusión de ruido, polvo, perros que les siguen ladrando, niños que chillan a su paso y mayores que los contemplan con aire de desaprobación y envidia a un tiempo!

Han tomado un camino que no conoce, una ancha carretera alquitranada que circunda la periferia del pueblo. El primo frena y señala una edificación. Tienda de tractores, oye por encima del petardeo del motor. Mía. Observa una espaciosa nave situada en un terreno vallado lleno de voluminosas máquinas. En lo alto, un vistoso letrero rojo en alfabeto bengalí reza JAI KALI FÁBRICA DE TRACTORES. ¿Se cultiva casi todo con tractores ahora?, pregunta. El primo asiente enérgicamente con un gesto. ¿Y qué se hizo de los búfalos? El primo se encoge de hombros, dando a entender que sólo alguien llegado del país de la Coca-Cola era capaz de hacer preguntas tan absurdas. Todos los propietarios de tractores de la zona tienen que recurrir a él para el mantenimiento, continúa explicando no sin orgullo. En esa zona no tiene competencia.

La madre recuerda fragmentos sueltos de conversación que había oído. Ese primo había terminado los estudios en la universidad para luego encontrarse, como tantos otros de su generación en Bengala, con que no había trabajo para él. Había malgastado varios meses en la galería del edificio de la biblioteca, donde se reunían los jóvenes frustrados para despotricar contra la corrupción de los políticos. Se trata de una tradición que aún sigue vigente. Incluso durante aquella breve estancia, la madre ha visto un grupo de hombres apoyados en la pared encalada de la biblioteca, dedicados a discutir y a escupir con puntería de expertos en el sumidero. El humo de sus *beedis* flotaba a su alrededor, grisáceo como una vieja mosquitera. ¿Qué había permitido salir a su primo de aquel círculo de desesperanza? Trata de recordar la época en que jugaban juntos de niños, revivir momentos heroicos que la ayuden a comprender esa transformación vital, pero lo único que consigue evocar es la ocasión en que un lagarto se le subió por el pie y él se echó a llorar. Le gustaría saber cómo se corrige uno, porque se trata de una capacidad de la que no anda sobrada, pero no se le ocurre una manera adecuada de preguntarlo en bengalí.

Ha anochecido ya y el faro de la moto arroja un solitario haz de luz sobre el centro del camino. A juzgar por el efluvio acre que flota en el aire, están pasando entre campos de mostaza. Los olores de la infancia lo acompañan a uno toda la vida. Ahora aspira la profunda fragancia rosada de las flores de *madhabi*. Deben de hallarse cerca de las ruinas del templo de Radha-Krishna. Después percibe el denso y característico olor del estiércol, que indica la proximidad de un establo. Ha llevado a sus hijos de viaje por medio mundo para enseñarles esos olores, aunque seguramente para ellos la niñez tendrá el aroma de la pizza de pepperoni.

El pueblo está cambiando, comenta el primo. No vayas a creer que vivimos como palurdos. Mi mujer y yo miramos todas las noches las noticias en el canal Door Darshan, así también estamos al corriente de lo que ocurre en América. Conocemos a O. J. Simpson, Madonna, Mónica Lewinsky. Sabemos que vuestro presidente mandó bombardear el Golfo. La madre trata de dilucidar si se trata de una acusación, aunque su voz suena afable, con intención informativa. De su pelo emana un olor que le resulta familiar. Tarda un momento en recordar la marca, Dabur Amla, el mismo aceite medicinal que usaba su padre. Mira, le dice, aquí hay un nuevo almacén refrigerado para que las cosechas no se pudran durante el monzón. Tiene un generador propio por si se producen cortes de electricidad. La madre observa obedientemente la larga y poco agraciada construcción de cemento, iluminada por unas bombillas que cuelgan desnudas en los extremos mientras un vigilante dormita sentado en un taburete, con la nariz y la boca envueltas en una bufanda de tartán. Después levanta la vista hacia las estrellas. Son de un color amarillo pálido, como polvo de sándalo desparramado. Su padre conocía sus nombres. *Ashwini, Bharani, Kritika, Rohini.* Había intentado enseñárselos, pero ella estaba demasiado ocupada tratando de marcharse. Una niebla nocturna asciende del suelo, creando la impresión de que viajaran entre la tierra y el cielo. Por encima del petardeo de la moto, le parece percibir el penetrante grito de los zorros. ¿Por qué experimenta semejante regocijo al oírlo? Cuando murió su padre, su madre guardó sus libros en un baúl verde lleno de bolas de naftalina y lo mandó llevar al espacio que servía de almacén debajo de la escalera. Tal vez allí encuentre un libro donde consten los nombres de las estrellas en bengalí junto con las explicaciones para identificarlas, un libro que podría leer a su marido y a sus hijos. En cuanto llegue a casa, se lo preguntará a su madre. Se inclina para acercar los labios al oído del primo. Más deprisa, dice. Más deprisa.

Índice